Arthur Schurig

Der Roman von Tristan und Isolde

Verone

Arthur Schurig

Der Roman von Tristan und Isolde

1st Edition | ISBN: 978-9-92500-154-5

Place of Publication: Nikosia, Cyprus

Erscheinungsjahr: 2016

TP Verone Publishing House Ltd.

Reproduktion des Originals in Großdruckschrift.

Der Roman von Tristan und Isolde

In der bretonischen Urgestalt erneuert von

Arthur Schurig

Vernehmt, Damen und ritterliche Herren, die älteste Liebesmar des Abendlandes, gesponnen um die Namen Tristan und Isolde. Wer kennte sie nicht von Jugend auf? Ein Bretone hat ihr Schicksal zuerst besungen, vor nun tausend Jahren. Sie haben leibhaft gelebt, die beiden herrlichen Gestalten, Kelte er, Germanin sie, drei Jahrhunderte ehe der Sänger sie erhob zur Unsterblichkeit. Ihnen wie allen großen Liebenden ward die Lust verklärt vom Leid, das Leid durchsonnt von Lust. Trennung war das Los ihres Erdenganges, Geheimnis der Dämon ihrer Schuld. Früher Tod am gleichen Tage einte sie ewiglich. In immer sich wandelnder Form schreitet das göttliche Paar durch die Nachwelt, Wagenden zum Vorbild, Siegenden zur Labung, Geschlagenen zum Trost.

In grauen Zeiten herrschte im Herzogtum Leonnois, im Nordwesten von Aremorika – so hieß die Bretagne unter dem trotz aller Großartigkeit untergegangenen Römischen Imperium – ein streitbarer junger Fürst, König Riwal. Seiner keltischen Vorväter einer war aus Britannia über das Meer gekommen, verdrängt von den dort immer stärker eindringenden Sachsen, wohl aus dem Lande der Pikten, die im nordöstlichen Zipfel des späteren Schottlands wohnten. Über den Granitklippen des

1

Festlandes hatte er das Kastell Kanohel erbaut, die älteste Burg auf der bretonischen Halbinsel, fortan der Sitz der Herren von Leonnois. Das war nun mehrere Jahrhunderte her, in welchem Zeitlaufe ganz Europa schweres Schicksal erduldete. Die Völker waren in Bewegung. Sie schwärmten heran aus unbekannten Fernen, vergewaltigten die Ureinwohner, raubten, mordeten, brannten Höfe und Häuser nieder, um im eroberten Gebiete zu verbleiben oder zumeist ruhelos weiter zu wandern.

Menschenarm waren alle Lande und arm die Menschen. Auch in den drei oder vier Herzogtümern der Bretagne, ehedem friedvollen glücklichen Gauen, machte es längst kaum mehr Freude zu leben. Schwermut lag über den Weiden und Wäldern ebenso wie auf den Mienen der Leute. Rau war deren Tun und Denken geworden. Wer Herr war, musste stark und gewaltsam sein, und wer Knecht, stark und duldsam. Keiner griff zaghaft zu, und niemand ward zart behandelt. Aller Herzen waren steinhart, wie der bretonische Boden, und, wenn sie erglühten, heiß und überheiß, und ihr Schlag vernehmlich. Mitleid kannten sie nicht, wohl aber Hass, Leidenschaft und Treue. Die Bauern blieben ihren Fürsten und Führern ergeben, denn wenn diese auch ursprünglich fremde Gewalthaber gewesen, so waren sie ihnen doch tapfere Verteidiger wider die räuberischen Seefahrer, die immer wieder vor den felsigen Küsten erschienen, um mehr oder minder weit ins Land einzufallen.

In den letzten hundert Jahren waren es jene verwegenen Nordmänner, die Wikinger, die am Ostgestade der Grünen Insel, Irland genannt, eine Reihe von Reichen gegründet hatten, das mächtigste mit seinem Königssitz in der festen Stadt Dowelin. Jahr um Jahr wagten sie von dort in ihren flinken Langschiffen kühne Fahrten nach dem Festlande, aus zielloser Lust am Abenteuer, aus Drang nach Eroberungen, aus Gier nach fremdländischen jungen Weibern, schließlich aus gemeinem Durst nach Gold und allerlei Dingen, die sie für kostbar schätzten. Schon das armselige Land Leonnois litt unter diesen schrecklichen Germanen; hundertmal mehr zu fürchten hatte das reichere Herzogtum Cornouaille, das im Osten an König Riwals Gebiet grenzte. Man konnte von einem Herzogtum ins andre sowohl zu Schiff, an der Felsenküste hin, wie zu Fuß oder zu Pferd über die Waldberge gelangen.

In Cornouaille herrschte König Marke. Seine weithin berühmte Burg, ehedem ein Römerkastell, hieß Tintagol. Hoch ragte sie über Hügel und Heide, sechs Wegstunden landeinwärts, an einem kleinen Flusse. Wo dieser in eine lange schmale Bucht des Meeres strömte, ein wenig unterhalb der Stadt und Burg Dinan, da war der Haupthafen des kleinen Reiches. Im Wechsel des Krieges hatten die Cornouailler das Missgeschick, den Wikingern zinspflichtig zu werden. Seitdem holte sich der Feind alle Jahre den Tribut: Reichtümer, Sklaven und Jungfrauen. Wohl versuchte man jedes Mal, sich der Schmach zu wehren. Vergebens. Die Übermacht war zu groß.

Da verschworen sich die beiden Nachbarn zu einem Bunde, und im kommenden Frühjahr, ehe der böse Feind erschien und eindrang, sandte König Marke hinüber nach Kanohel und rief den Herzog von Leonnois zur gemeinsamen Abwehr.

3

Riwal brach alsbald auf mit den Rittern seines Landes und einem stattlichen Gefolge von Mannen. In Tintagol auf das Beste empfangen, vergnügte sich Edelmann wie Knecht bei Wettspiel, Sang und Becherklang, bis die Kunde vom Nahen der in aller Welt gefürchteten Wikingerschiffe einlief. Da ergriff man die Waffen und zog unter König Markes wehendem Banner nach Dinan. Gar schwer fiel Herrn Riwal der Abschied von Tintagol, denn die schöne Blankeflor, die älteste von des Königs beiden Schwestern, hatte es ihm angetan.

In der Schlacht gewannen die Bretonen den Sieg, aber im Zweikampf mit dem Führer der Wikinger, dem Herzog Morold, einem weitberühmten Kämpfer und Seefahrer, dem Sohne des Königs von Dowelin, trug Riwal von Leonnois eine schlimme Lanzenwunde davon.

Blankeflor pflegte den Helden, dessen junges Blut für Cornouaille geflossen. Ohne Bedenken hätte sie ihr eigenes Leben gelassen, wäre ihm dafür Genesung geworden.

Eines Abends, als Blankeflor sorglich an Riwals Lager saß, dünkte es sie, ihm weiche das Fieber. Überglücklich beugte sie sich über den Erwachenden und küsste ihn auf die Stirn. Da zog Riwal die Geliebte an sich und machte sie zur Seinen. In der Nacht musste er sterben.

Und auch Blankeflor starb, als sie Riwals Sohne das Leben gab.

Ehe Herr Riwal nach Tintagol in den Krieg zog, da hatte er sein geliebtes Land seinem Seneschall anvertraut, dem Grafen Rual, einem alten Edelmanne, dem sein streitbares Leben neben Würden und Zipperlein den Beinamen *der Treue* verliehen hatte.

Ihm und seiner ebenso trefflichen Frau Floräte brachte die Amme Riwals kleinen Sohn. Dies geschah sonderbar heimlich, und das kluge Ehepaar vermeinte, in diesem Umstand einen Wink des Schicksals erblicken zu sollen. Abergläubisch sind die Bretonen wie bekannt seid uraltersher.

Rual und seine Frau beschlossen, des Knaben Herkunft zunächst niemandem zu verraten. Sie gaben ihn für ein verwaistes Schwesterkind aus, und man glaubte es ihnen, denn in jenen endlosen Kriegszeiten hatten die Leute wahrlich andre Sorgen als sich um einen Jungen zu kümmern, der nun einmal da war. Er bekam den Namen Tristan, den sein Urgroßvater und vor ihm schon manch andrer seiner Ahnherren mit Ehr und Ruhm getragen hatten.

Wie weise Rual gehandelt, zeigte sich bald. Ein Jahr nach Tristans Ankunft fiel Herzog Morold auf neuer Fahrt beutelustig in den Gau von Leonnois ein. Widerstand wäre vergeblich gewesen, denn es waren am Strand von Cornouaille zu viele der Besten unter dem hohen Heldenhügel verblieben. Darum, wenn auch schweren Herzens, schloss der Seneschall Waffenstillstand mit dem Normannenfürsten und fügte sich seiner Oberherrschaft.

Hätte Morold gewusst, dass unter Ruals drei Knaben, denen er leutselig auf die braunen Locken klopfte, einer der Sohn Riwals war, so hätte er ihn kalten Herzens als den rechtmäßigen Erben des Landes umbringen lassen. Man verfuhr nicht anders in jener harten Zeit.

Wie Tristan sieben Jahre alt war, schaute sich der Graf Rual, den der Eroberer als Verweser von Leonnois belassen hatte, unter den Baronen des Landes nach einem guten Hofmeister für den wohlgeratenen Knaben um. Er selber dünkte sich so schwerem Amte nicht mehr gewachsen. Helden, so meinte er, müssen von jungen, nicht von alten Männern erzogen werden.

Seine bedachtsame Wahl fiel auf den Herrn Kurwenal als einen Meister aller ritterlichen Künste. Ihn ernannte er zum Gouvernator des künftigen Fürsten, wobei er ihm das Geheimnis seiner Geburt anvertraute.

Kurwenal war ein Ritter ohne Furcht und Tadel, ein echter Bretone, von tapferem Sinn und tiefem Gemüt, schwer zugänglich, dafür umso beharrlicher, dreimal älter als sein Zögling. Er hatte lange Zeit die Welt durchfahren, manches Herrn Land kennengelernt und die Sprache dreier Völker zu der seiner Heimat hinzugelernt. Sieben Jahre hatte er zu Paris am fränkischen Königshofe verweilt. Dort war es vor allem, wo er sich die waschechte Urbanität des guten Europäers erworben hatte.

Aber nicht nur als Hofmann war Kurwenal Muster und Meister. Er war ebenso erfahren im Gebrauch von Schwert und Lanze. Einen Reiter und Waidmann kannte man nicht seines gleichen. Und in den schönen Wissenschaften, in der edlen Musika wie im gelehrten Schachspiel galt er mit Fug und Recht für wohlbeschlagen.

Zur Stunde, da er vom Seneschall die wichtigste Aufgabe des Vaterlandes empfing, gelobte er dem jungen Fürsten insgeheim Treue bis in den Tod und weihte ihm sein ganzes Leben. Feierlich bot er dem Knaben die Rechte, und Tristan umarmte ihn in namenloser Freude; er hatte ihn so oft als hochgemuten Mann preisen hören. Vom ersten Augenblick an liebte er die wunderbar klugen klaren Augen seines älteren Freundes.

Unter Kurwenals Vorbild wuchs Tristan von Leonnois zu einem wahren Ritter heran. Wie im Spiel erlernte er alles, was ihm sein Hofmeister als gut, schön und edel lobte, und er kannte kein anderes Streben als dies: seinem Führer zu gleichen.

Wie er sechzehn Jahre alt war, da sprach er eines Tages zu Kurwenal:

Herr Kurwenal, mich drängt mein Sinn, erprobt zu werden in der weiten Welt, von der Ihr mir so viel Herrliches und Erhabenes erzählt. Nicht länger möchte ich damit warten. Das Leben eines Mannes, so sagt Ihr oft, ist kürzer denn er denkt. Ich will das meine nicht unnütz verfliegen lassen. Was vollbringe ich hier? Keiner außer Euch und meinem Pflegevater weiß, wer ich in Wahrheit bin. Ihr meint, es sei gut so. Aber wenn ich einmal als berühmter Ritter zurückkehre, dann sollen es alle wissen.

Kurwenal lachte.

Lieber junger Freund, sagte er, du hast es eilig, ein Mann und ein berühmter Mann zu werden. Und um was im besten Falle? Weißt du nicht, dass sich in die große Welt begeben, Kämpfer werden heißt? Dass wir da draußen jede Lust mit dreimal so vielem Leid bezahlen müssen? Dass wir nimmermehr eine so friedsame Heimat wiederfinden?

Bin ich nicht heimatlos geboren? Fragte Tristan versonnen.

Wohlan, sprach Kurwenal, wir wollen zuvörderst deinem Oheim, dem König Marke von Cornouaille, in seiner Burg Tintagol den ihm geziemenden Besuch abstatten. So lange es dir gefällt, verweilen wir bei ihm. Du wirst dort manches dir Neue sehen und lernen.

Wie Herr Rual und Frau Floräte von Tristans Weltsehnsucht vernahmen, waren sie gar traurig, denn ihr Pflegekind war ihnen ans Herz gewachsen gleich wie ihre eigenen beiden Söhne; aber sie sahen ein, dass es wohl sein müsse.

Und so sagte der alte Seneschall: Lieber Sohn und Freund, gern und ungern erfülle ich dir deinen Wunsch. Zieh hin und erfülle dein ritterlich Schicksal! Bringe deinem edlen Vater droben in Walhall und unserm teuren Vaterlande Ruhm und Ehre! Erkämpfe uns die alte Freiheit! Räche König Riwals Tod! Dein hoher Sinn wird dich zum Helden machen. Er befahl seinem Schaffner, die Reise bestens vorzubereiten. Zwei junge Edelleute und fünf Knappen wurden ausgesucht, dass sie mitfahren sollten. Gold und Silber ward auf ein Maultier geladen; auf ein anderes reiche Gewänder, Leinenzeug und Gastgeschenke. Und zwei der schönsten Pferde wurden ausgerüstet.

Als sich Tristan und Kurwenal vom Seneschall und vom Hofe verabschiedeten, da reichte Herr Rual dem jungen Weltfahrer das alte Feldschwert Riwals und sprach:

Führe es und hüte es und sei immer ein Ritter!

Herrn Kurwenal aber händigte Rual einen goldenen Fingerreif mit einem Rubin ein. Blankeflor hatte ihn dereinst getragen.

Sodann fuhr die Schar aus dem Hafen um die sieben Felseninseln nach Cornouaille.

Bei der Einfahrt in die tiefe Bucht von Dinan bat Tristan seinen Hofmeister: Herr Ritter, ich bitte Euch, haltet an König Markes Hof geheim, welcher Herkunft ich bin, bis die Umstände meine Offenbarung erheischen!

Kurwenal willigte ein.

Bisher entschlossen, vor der Burg Dinan zu landen, ließ er nunmehr das Schiff zwei Wegstunden weit vorher linker Hand in den Sand laufen. Tristan und Kurwenal samt einem Knappen stiegen aus, schlichte Jägertracht angetan. Die Übrigen fuhren gemächlich weiter, mit dem Befehl, regelrecht im Hafen die Reise zu vollenden und daselbst des Weiteren zu warten.

Wie die drei zu Fuß landein wanderten, auf einem einsamen Wege durch hohen tiefen Wald, hörten sie plötzlich Hörnerklang und Jagdgeschrei.

Tristans Jägerherz begann zu klopfen.

Und siehe! Von der einen Seite her, wo eine schmale Blöße den Wald unterbrach, sprang ein prächtiger Zwölfender auf den Weg und brach erschöpft zusammen. Zwölf braun und weiße Bracken hingen ihm am

Halse wie eine schwere Traube. Weiß vom Schweiße glänzte dem zu Tod gehetzten Tiere das nasse Fell.

Mit Hallo und Halli kam das Feld der Jäger angaloppiert.

Alle Reiter schwangen sich behänd aus den Sätteln. Die Hörner der nachkommenden Knechte ertönten.

Alsbald durchschnitt der Jägermeister dem Hirsch die Kehle.

Verwundert sah Tristan, dass er wie ein Barbar verfuhr. Er hatte von Kurwenal den fränkischen Waidmannsbrauch erlernt.

Indem er unter die Jäger trat, die im Kreise um die Jagdbeute standen, rief er dem Jägermeister, der sich anschickte, den toten Hirsch mit seinem Dolche zu zerstückeln, laut zu:

Was tut Ihr, Herr Jägermeister? Ist es hierzulande Brauch, ein edel Stück Wild wie ein Schwein zu schlachten?

Macht Ihr es anders? Fragte der Andere und hielt ein in seinem Handwerk. Ich will den Kopf dieses Hirsches abschneiden. Sodann zieh ich ihm die Haut ab und teile ihn der Länge nach in zwei Teile, und jeden Teil der Breite nach abermals in zwei Teile. Jedes Viertel muss das gleiche Gewicht haben. Mehr erfordert mein Amt nicht.

Es mag sein, hub Tristan von Neuem an, dass Ihr damit Eures Landes Brauch erfüllt. Wir sind andre Art gewöhnt.

Ich lerne gern, meinte der Jägermeister in behaglicher Jagdlaune. Zeigt uns Eure Art!

Tristan streifte die Ärmel seines Rockes auf, zog seinen Hirschfänger, kniete nieder und enthäutete den Hirsch. Alsdann zerlegte er das Tier fein und säuberlich.

Bald lagen die Kleinteile, der Ziemer, die Keulen, die Vorderblätter, die Rippenstücke und so weiter auf dem Rasen.

Zuletzt bereitete er das Curée, indem er Lunge, Milz und Gescheide in kleine Stücke schnitt, und warf es der schwanzwedelnden Meute mit fröhlichem Rufe zu.

Die Jagdgesellschaft fand kaum Worte genug des Lobes, und der vornehmste der Jäger, ein rüstiger Sechziger, der Seneschall Tynas von Dinan, fragte den jungen Fremdling, der sein Wohlgefallen gewonnen hatte: Gestattet mir zu fragen! Wer seid Ihr, junger Herr? Aus welchem Lande kommt Ihr? Wo habt Ihr Eure höfische Kunst erlernt? Nennt mir Euren Namen und Eure Heimat!

Und freundschaftlich bot er ihm die Rechte.

Tristan heiße ich, erwiderte Tristan. Eine Heimat ward mir nicht zuteil. Will ein Spielmann werden, der seine Fahrt unterbricht, wo er liebe Leute findet. Und was ich Euch gezeigt, das lernte ich von meinem Meister, Herrn Kurwenal.

Beide wurden ritterlich bewillkommt.

Reitet mit uns zum Herrn dieses Landes, zu König Marke! Ich bin sein Seneschall. Kommt und seid seine

Gäste! Folgt uns nach Schloss Tintagol! Zwei gute Pferde stehn Euch bereit.

Eure Einladung nehmen wir frohen Herzens an, erwiderte Tristan. Aber zuvor gestattet uns, dass wir den Jagdzug ordnen, damit er Eures Königs würdig sei.

Er ließ sich Gabeln aus Baumästen schneiden, und jeder Jäger hatte ein Stück der Beute zu tragen, der eine den Kopf, der andere den Ziemer, ein dritter die Lenden und so fort.

In Rotten zu zweit stellte sich der Zug auf. Zuletzt brach Tristan einen Zweig von einer alten Eiche und reichte jedem Jäger grünes Laub. Alle saßen auf und ritten an, die hornblasenden Hundsmänner unter dem Geläut der lustigen Meute vorweg.

Nach zwei Stunden munteren Trabes erblickte man in der Ferne einen trotzigen Turm, und alsbald leuchtete den beiden Fremdlingen vom Hang eines waldigen Hügels, hoch über lachenden Wiesen und Weiden, die berühmte Burg Tintagol entgegen, der Königssitz des Reiches Cornouaille.

Das ist Tintagol! Ließ sich Tristan vom Seneschall berichten. Die ältesten Gebäude des Schlosses haben zu Cäsars Zeit schon gestanden, und das Herrenhaus birgt Dinge, wie man sie in keinem Schlosse findet: Wasserläufe, Marmorbäder und Heizröhren, steinerne Teppiche und Riesenkrüge, und in der Halle werdet Ihr ein prächtiges Bildnis des Kaisers Mark Aurel finden, aus zweierlei edlem Gestein! Die Stürme der Zeit sind an diesem glücklichen Winkel vorübergejagt. Hinter der Burg, dort, wo die alten hohen Wipfel sich wiegen, da ist des Königs Baumgarten, ein köstlicher Ort. Da wird es Euch gar wohl gefallen.

Tintagol! Jubelte der junge Weltfahrer bei sich. Tintagol, Haus meiner Mutter, sei mir gegrüßt! Tintagol, birg mir mein Glück!

Tristan schwenkte seine Jagdmütze. Keiner außer Kurwenal ahnte den Grund seiner großen Freude.

Wie der Zug näher kam, gliederte sich die stattliche Burg. Tristan bestaunte die gewaltigen Umrisse der Wälle, Basteien, Türme und Häuser. Bald erkannte er auch das starke Tor, die langen weißen Zinnen, das breite hohe Königshaus, merkwürdig bemalt, schachbrettartig, die Felder blau und grün. Tristan hatte derlei noch nie gesehen. Ebenso farbenfroh hob sich hoch darüber das Ziegeldach. Man ward heiter, sah man alle die bunten Dinge.

Kurz vor der Brücke ließ Tynas die Hörner blasen. Das Burgtor öffnete sich. Die Reiterschar zog feierlich und wohlgeordnet im Schritt ein. So hatte Herr Kurwenal es angeordnet.

Im Schlosshof unter dem Kreise von fünf alten Linden stand König Marke, der Herrscher von Cornouaille, ein stattlicher Herr von dreiundfünfzig Jahren. Der Turmwart hatte ihm die Rückkehr der Jagdgesellschaft vermeldet.

Er stand da und staunte.

Wie die Hunnen waren seine Ritter sonst durch die Tore in den Hof gestürmt. Woher die artige Wandlung?

Aha, meinte er beim Anblick von Tristan und Kurwenal, zwei fremde Herren haben das Wunder vollbracht. Betrachten wir sie uns näher!

Schon begann der alte Seneschall, dem Könige von der Begegnung mit den Fremdlingen zu erzählen und den Aufzug der Jäger zu erläutern. Marke lobte das geschickt zerlegte Wildbret. Mehr noch gefiel ihm der fremde junge Waidmann.

Er hatte ein halbes Dutzend Edelleute um sich, junge und alte; auch ein Neffe, Herzog Audret, lebte am Hofe. Marke war der reichste Fürst der Bretagne; er knauserte niemals, und oft ging es hoch her im Schlosse Tintagol. Trotzdem fühlte sich der König einsam, und je älter er wurde, umsomehr ward er den Anderen fremd. Er war Junggeselle geblieben; warum, das wusste er eigentlich selber nicht.

Audret war der einzige Sohn von Markes verstorbener jüngerer Schwester, deren Gatte ebenfalls nicht mehr lebte. Da der Sohn der älteren Schwester Blankeflor verschollen war, so fiel Krone und Land dereinst an Audret, der sich daraufhin gewaltig viel einbildete, ohne dass seinen Dünkel sonstige Vorzüge wettmachten. Der Oheim schätzte den Neffen wenig, und wenn er der Zukunft seines Reiches gedachte, bekam er Herzdrücken. Audret eignete sich nie und nimmer zum Thronerben. Fürstliches Tun und königliches Denken waren nicht von ihm zu erwarten.

Der Zufall fügte es, dass Audret und Tristan nebeneinander standen. Wer keinen von beiden kannte, hätte glauben müssen, Tristan sei ein Königssohn und Audret von unbedeutender Herkunft. Unwillkürlich verglich Marke die jungen Männer.

Er seufzte auf. Seltsame Zuneigung erwuchs in ihm. Wahlverwandtschaft zog ihn zu dem jungen Fremdling hin, von dem er doch nichts weiter wusste, als dass er einen Braten nach allen Regeln der Kunst zu zerlegen verstand.

Er, der einsame Fürst, der seiner Umgebung als Menschenfeind, Zweifler und Sonderling galt, bot einem hergelaufenen Knaben die sonst steife und stolze Rechte mit unverkennbarer Huld.

Willkommen, junger Edelmann! Sprach er. Meine Burg sei Euer Heim, solange Ihr Euer Glück darin findet.

Tristan neigte sich tief vor dem König. Ein wundersam Gefühl beseligte ihn. Es war ihm, als habe er in Tintagol endlich sein Vaterland gefunden.

Am Abend, als die Tafel aufgehoben war, ließ ein fränkischer Spielmann seine Harfe erklingen, ein Meister seiner Kunst.

Als sein erstes Stück zu Ende war, fragte König Marke den ihm zu Füßen sitzenden Tristan: Junger Freund, was sagt Ihr zu dieser Melodie? Gefällt sie Euch?

Tristan wandte sich an den Harfner: Meister, Ihr habt der alten Weise ein neues schönes Kleid umgetan, der alten Weise zu dem Liede von der Dame, die, ohne dass sie es ahnte, das Herz ihres Liebsten gegessen, des Ritters Gralant, den ihr eifersüchtiger Gemahl auf der Jagd umgebracht hatte. Ihr habt wohlgetan, der allbekannten alten Melodie ihre Art zu lassen. Ein Bretone hat sie ersonnen vor langen Zeiten.

15

Was wisst Ihr von meiner Kunst? Entgegnete der Spielmann ärgerlich. Ihr seid doch ein Kind, kaum kundig eines Instruments.

Ein wenig spiele ich die Harfe, erwiderte Tristan, ohne seine Worte irgendwie zu betonen, aber auch die Rotta. Gebt mir eine! Die habe ich am liebsten.

Man brachte ihm die Zupfgeige.

Tristan präludierte. Darauf sang er den bretonischen Text des Liedes von der Herzemäre.

Alle, die es hörten, waren ergriffen. Am meisten König Marke. Wie das Lied zu Ende war, zog er den Sänger an sich und küsste ihm die dunkelumlockte Stirn.

Gesegnet sei der Meister, der dich das gelehrt hat, zur Freude der Menschen! Rief er aus. Sag an, wer ist dein Vater? Wo ist deine Heimat? Wer sind deine Lehrer?

Tristan deutete auf Kurwenal.

Der da, mein Freund und Hofmeister, der mag Euch auf Eure Frage Rede und Antwort stehen, König Marke!

Kurwenal hielt den Augenblick für günstig.

Schweigsam überreichte er dem Fürsten den Reif, den ihm der Seneschall auf die große Fahrt durch die Welt mitgegeben hatte.

Marke erkannte das Kleinod. Es war der Ring seiner eigenen Mutter, eine Brautgabe seines Vaters. Blankeflor, Markes Lieblingsschwester, hatte ihn getragen bis zu ihrem letzten Atemzuge. Tränen zärtlicher Erinnerung traten ihm in die Augen.

König Marke, rief Kurwenal feierlich aus, dies ist Tristan von Leonnois, Euer Neffe, der Sohn Eurer Schwester

Blankeflor und des Königs Riwal, der sein Leben geopfert hat für Euer Land! Ich habe Euern Neffen erzogen, auf dass er Ritter und Hofmann und vor allem Freund aller Edlen werde.

Jene geheimnisvolle Stimme in mir hat mich also nicht betrogen, sprach der König. Vom ersten Augenblick an wusste ich, dass du mein Sohn bist. Der Truchsess bringe uns goldne Becher! Keiner der Tage, die ich bisher erlebt, war schöner denn dieser Tag.

Es ging ein wunderbares Licht von Tristans jungen Augen aus. Alle, die in der Halle saßen, waren voller Freude.

Nur einer begann ihm zu grollen, Audret, denn er sagte sich in bitterer Enttäuschung: Nimmermehr werde ich nun König von Cornouaille!

Fünf Jahre schon weilten Tristan und Kurwenal im Schlosse Tintagol. An König Markes kurzweiligem Hof flogen die Tage rasch dahin.

Der junge Herr von Leonnois übte sich nach Herzenslust mit Schwert und Lanze, pflog Waidwerk und Fischfang, ritt schwere und leichte Rosse, richtete Hunde und Falken ab, warf Ball, schoss mit Pfeil und Bogen, trieb Musik und Schachspiel. Kurwenal unterrichtete ihn in den Sprachen, die er beherrschte. So lernte Tristan Latein, Normannisch und Fränkisch in der Pariser Mundart. Alles das kam ihm später gar wohl zustatten. Und was an alten Liedern im Lande war, auch derlei blieb ihm nicht unbekannt, dank dem gelehrten alten Kaplan, des Königs Geheimschreiber, dem es Freude machte, die von den andern Geistlichen verdammten und verfolgten

Denkmäler aus heidnischer Heldenzeit zu sammeln und Liebhabern vorzulesen. Es war ein Lustrum behaglichen Friedens und stiller Freuden.

Da plötzlich, an einem Frühlingstage, traf schlimme Nachricht ein.

König Hangwin von Dowelin, der schreckliche Wikingerfürst, der vor zweiundzwanzig Jahren die bretonischen Lande bezwungen und verwüstet hatte, forderte durch eine Gesandtschaft den Tribut, der ihm als Sieger noch zukam. Das war: hundert Pfund Gold, zweihundert Pfund Silber, dreihundert Pfund Kupfer und hundert Jungfrauen aus den Bauern und Knechten ebenso wie aus den Familien der Edelleute.

Nimmermehr konnte sich König Marke dazu verstehen, den schmachvollen Vertrag zu erfüllen.

Er empfing die Boten. Ihr Führer war der Herzog Morold, wohlbekannt jedem Bretonen. Damals, als er den König Riwal erschlug und im Lande Leonnois einbrach, war er ein unlängst mündiger Jüngling. Jetzt ein stattlicher Vierziger in der Blüte seiner Heldenkraft. Kampf war seine Leidenschaft, Krieg sein Handwerk, Grausamkeit seine Lust. An Gestalt war er ein Hüne. Auch den größten Bretonen überragte er um Haupteslänge.

Als sich Marke, insgeheim ächzend und seufzend, auf seinen Königssessel gesetzt hatte, in der hohen Halle von Tintagol, umgeben von seinen Baronen und Räten, da hob Herzog Morold an:

König Marke, ich bringe Euch und Eurem Volke die letzte Botschaft meines Herrn, des Königs Hangwin. Er fordert den ihm durch Sieg und Vertrag zukommenden Tribut, der seit mehr denn zwanzig Jahren aussteht. Zahlt Ihr ihn, so seid Ihr des Vertrages frei und ledig, und es herrscht Frieden zwischen Euerm und unserm Volke. Gebt das Gold, Silber und Kupfer bei meinen Schiffen ab! Sie ankern gegenüber der Insel des Heiligen Samson, wie Eure Kuttenträger den Ort jetzt nennen. Ebenso die hundert Jungfrauen, wohlausgesucht, ohne Lahme und Bucklige. Lasst durch das Los im Lande bestimmen, welche es sein sollen, und gebt sie ohne Verzug ab!

Der König von Cornouaille stand erregt auf.

Herr Herzog! Rief er. Das Gold und Silber sollt Ihr hinwegführen, nimmermehr aber die Jugend meines Landes! Ändert diese schmachvolle Bedingung; sie ist unwürdig Eures Königs und Eures ruhmreichen Volkes!

Morold sann nach.

Die Kampflust war stärker in ihm als die Raubgier. Er schaute sich überlegen und hochmütig im Kreise um. Alle die Ritter König Markes, in ihren bunten Röcken, mit ihren höfischen Schwerterchen, dünkten ihn drollig und spaßig. Etliche kamen ihm obendrein unverschämt und anmaßend vor. Unsagbar gern hätte er mit dem oder jenen auf der Stelle einen kleinen Waffentanz angestellt. Es lüstete ihn mächtig, einem dieser Maulhelden ein Maß Blut abzuzapfen.

Wenn Ihr glaubt, König Marke, sagte er in kühlem Tone, dass Euch der rechtliche Tribut schändet, so gäbe es wohl einen Ausweg. Stellt mir einen aus der Schar Eurer Edlen! Er soll mir im ehrlichen Zweikampf entgegentreten. Wir werden um den Tribut kämpfen. Fällt er, so zahlt Ihr den Tribut! Falle ich, dann haben wir unser Recht verloren! Ihr Herren von Cornouaille, wer von Euch will für die Freiheit Eures Volkes mit mir fechten?

Verstohlen schauten die Ritter des Landes einander an. Keiner trat vor, und alle senkten sie die wohlgelockten Häupter.

Der Eine sagte zu sich: Sieh ihn dir an; er ist stärker als vier Männer!

Betrachte sein Schwert! Meinte der Andre. Es ist verhext und verzaubert. Sowie er ausholt, fliegt schon der Kopf seines Feindes.

Der Dritte: Wehe um meine schöne junge Tochter! Habe ich sie erzogen, damit sie Magd und Dirne eines verruchten Wikingers wird?

Aber mein Tod rettet sie doch nicht!

Und keiner trat vor.

Da hielt es den jungen Tristan nicht länger.

Schwer atmend rief er aus:

König und Herr, lasst mich kämpfen mit dem Feinde Eures Landes!

Marke schüttelte sein graues Haupt.

Ihr seid zu jung und noch nicht Ritter!

So schlagt mich zum Ritter!

Morolds finsterer Blick maß den verwegenen Jüngling geringschätzig vom Scheitel bis zur Zeh. Wer seid Ihr, junger Mann? Fragte er in gönnerhaftem Tone. Wisst

Ihr, dass der Herzog Morold nur mit Erkorenen zu kämpfen gewohnt ist? Wer seid Ihr? Wer ist Euer Vater?

Tristan erbebte. Die heiligste Pflicht seines Lebens, die Blutrache, hob ihm das Herz.

Tristan bin ich, Herr von Leonnois, einziger Sohn des Königs Riwal, mit dem Ihr gekämpft habt, wie ich mit Euch kämpfen will, auf Leben oder Tod. Ihr habt ihn erschlagen vor zwei Jahrzehnten. Aber er ist wiedergeboren in mir, seinem Rächer!

Herzog Morolds Augen wurden heller. Der angehende Ritter gefiel ihm. Er erinnerte sich jenes Zweikampfes zwischen den Fronten der Wikinger und Cornouailler. Damals war er ein Jüngling wie dieser da. Und mit wohlwollender Gebärde erwiderte er ihm: Angenommen! Lasst Euch zum Mann und Ritter schlagen, und nach drei Nächten kommt zur Mittagszeit nach der Insel des Heiligen Samson, unweit der Bucht, wo meine Schiffe liegen. Dort soll der Waffengang geschehen. Einen von uns beiden werden sie zu Grabe tragen!

Er grüßte den König und die Barone und schritt langsam aus der hohen Halle.

Tristan sank vor seines Oheims Thron in die Knie. Kurwenal ließ König Riwals Schwert herbeibringen. Mit diesem schlug König Marke unter feierlicher Rede den Zwanzigjährigen zum jüngsten Ritter seines Reiches.

Am bestimmten Tage, als die rote Sonne aufging, legte Tristan sein Panzerhemd an, gürtete sich und setzte die graue Stahlhaube auf das Haupt. Herr Kurwenal trug ihm das väterliche Schwert.

Ernsten Gemütes nahmen sie Abschied vom Könige.

Heuchlerisch umringten die Barone den Helden. Fürwitzig seid Ihr! Rief ihm Herzog Audret zu. Hättet Ihr Euch nicht so leichtsinnig preisgegeben, manch andrer von uns hätte den blutigen Strauß mit mehr Aussieht auf Erfolg gewagt. Jetzt ists gewiss um Euch geschehn. Um Euch und unser aller Freiheit. Ihr seid zu unerfahren. Wahrlich, Ihr verderbt das glückliche Land Cornouaille!

Das Glöcklein der Burgkapelle begann zu läuten. Drei Mönche kamen und segneten den jungen Rittersmann.

Sodann trabten Kurwenal und Tristan guten Mutes zum Tor hinaus.

Gegenüber der Einfahrt in die tief ins Land stoßende Bucht La Rance lag die kleine Insel Sankt Samson. Wo das Kirchlein des Heiligen stand, verriet ein Riesenstein den späteren Geschlechtern, dass ehedem hier Odin verehrt ward.

Die beiden Reiter stiegen bei der Burg Dinan in die bereit gehaltene Barke. Hoch überm Mastbaum flatterte die Löwenstandarte. Kurwenal gab dem Schiffer die Pferde und nahm selber das Ruder. Die eben beginnende Ebbe erleichterte ihm die Arbeit. Vorbei an der Bucht, wo die Wikingerschiffe lagen, gelangten sie zur Insel, an der im gleichen Augenblick Herzog Morold nebst einem Gefolgsmanne einer großen prächtigen purpurbesegelten Barke entstieg.

Alter Kämpfersitte gemäß begrüßten sich die feindlichen Ritter. Und ehe Tristan zum erhöhten Felsenstrand emporstieg, stieß er mit kräftigem Fußtritt seinen Nach-

en zurück in die abbrodelnde Brandung. Der Wikingerfürst sah es, lachte ingrimmig und sprach:

Junger Freund, was tut Ihr da? Gebt Ihr die Rückkehr
auf?

Mit Nichten, Herr Herzog! Entgegnete hochmütig der
Leonnois. Nur Einer von uns beiden bedarf einer Barke.
Euer Prunkschiff wird des Siegers würdiger sein als dort
mein armseliger Kahn.

Das herzlose Wortgefecht spann sich nach alter Sitte
noch eine Weile aus, während die Kämpfer sich zur Mitte der Insel begaben. Die Begleiter blieben am Strande
zurück.

Als der bitteren Spottreden genug war, begann der einsame Zweikampf.

Lange ging das Waffenglück hin und her, aber keiner
bezwang ernstlich den andern. Beide Fechter bluteten
aus geringen Wunden. Morold ward hitziger. Ein mächtiger Schlag seines Schwertes gegen Tristans Brust warf
ihn in die Knie. Hurtig aber sprang der Unverletzte wieder auf, holte aus und schlug mit wuchtigem Streich des
Gegners rechte Hand ab.

Der Schwergetroffene wandte sich zur Flucht.

Der Kampf sei entschieden! Rief er dem jungen Sieger
zu. Cornouaille sei seines Tributs fortan frei.

Rache für König Riwal! Schrie Tristan im Taumel des
Kampfes, rann von Neuem wider den Herzog und hieb
ihm das Schwert durch Helm und Schädel.

Tot sank Morold zu Boden.

Tristan zog seine blutige Waffe aus des Erschlagenen Haupt und besah sie sich. Ein Splitter war aus der einen Schneide gebrochen und in der Schädeldecke des Besiegten stecken geblieben. Unter dem weithin prunkenden Purpursegel landete Tristan, ehrfürchtig begrüßt von der Schar Leute, die sich inzwischen in banger Erwartung am Strand eingefunden hatten.

Gar bald darnach stachen die Drachenschiffe lautlos in die graue See.

Im Schlosse Tintagol brach Jubel und Freude aus, als der Späher vom Turm Tristans Wiederkehr verkündete.

Keiner hatte einen ihm glückhaften Verlauf des Holmganges erwartet.

König Marke empfing den glorreichen Sieger vor seinem Thron und küsste ihn angesichts aller dreimal auf die Stirn.

Ich werde dich lieben, solange ich lebe! Gelobte er in inniger Dankbarkeit dem Neffen, den er schon verloren geglaubt. Fluch jedem, der dir feindselig ist!

Von Stund an gab es zwei Parteien am Hofe König Markes, die eine für Herrn Tristan, der ihr als künftiger König von Cornouaille galt, die andre wider ihn. Ihm zugetan war und blieb insbesondre Ritter Tynas, der Seneschall des Landes. Übelgesinnt hingegen war Herr Audret sowie dessen Freunde, die Barone Ganelun, Godwin und Denowal.

Wie sie sahen, dass König Marke seinen wiedergefundenen Neffen als Thronerben zu behandeln begann, nicht nur von rechtswegen, vor allem, weil er sein so lange Jahre liebeleeres Herz gewonnen hatte, da schwoll ihr böser Neid, und sie wendeten jede List und Lüge an, um die Edeln des Landes wider den Eindringling aufzubringen. Im Volk aber ward Herr Tristan gepriesen als Retter des Vaterlandes.

Voll Trauer erreichten Morolds Gefährten den Hafen von Dowelin. Den in eine Hirschhaut genähten Leichnam des gefallenen Recken trugen sie zur hohen Burg König Hangwins.

Dumpf ächzte das Volk.

Rachegierig murmelten die Häuptlinge.

Entsetzt stöhnte die Königin.

Stumm stand der König an der Bahre seines Sohnes. Neben ihm Isolde, sein nun einziges Kind, die goldblonde Achtzehnjährige. Keines der beiden hatte Tränen im Auge. Nicht zu Unrecht hieß es in der damaligen Welt: Weder über ihre Sünden noch um ihre Toten vermögen Wikinger zu weinen.

Weit und breit war die Königstochter berühmt als klügste Ärztin auf der Grünen Insel. Niemanden gab es im Lande, unter Herren wie Knechten, der je, wundenbedeckt zurückgekehrt, nicht alsbald Heilung gefunden hätte durch das Wunder ihrer Kunst. Aber was nützte ihr heute dies heilige Wissen? Der geliebte Bruder war nicht zu retten. Droben in Walhall hatten ihn die Helden der Vorzeit begrüßt.

Isolde untersuchte die grässliche Schädelwunde, und da fand sie einen Splitter vom Schwerte des fernen Feindes.

Wie heißt er, fragte sie einen der Führer der heimge-
kehrten Schiffe, wer war es, der Irlands Eiche gefällt hat?

Herr Tristan, Herzog von Leonnois! Berichtete der
Seemann.

Tristan von Leonnois! Wiederholte die blonde Jungfrau, ergriffen von einer heimlichen Gewalt, die sie fühlte und nicht verstand. Der bretonische Löwe hat mir das
Herz zerrissen. Wahrlich, bisher war ich Freundin aller
Menschen. Hart bin ich geworden und böse. Du, Tristan,
du bist es, der mich wandelt! Mit Hass hast du mir die
Seele gefüllt. Wehe dir! Unrast sei dein Los, Kampfgefilde deine Heimat!

Trompetenschall leitete die Totenfeier ein.

Racheschwüre, Verwünschungen und Flüche umbran-
deten Isolden. Hochmütig verachtete sie, was sie nicht
allein empfinden durfte. Nichts teilte sie mit anderen.

Den blutumronnenen Schwertsplitter in der Hand, eilte
sie hinauf in ihre Kemenate und schloss ihn in den elfenbeinernen Schrein, der ihre Juwelen barg.

Während man am Felsenstrande den Grabhügel türm-
te, ließ König Hangwin im Reiche verkünden: Wer je es
wagt, von Cornouailles Küste kommend, unser Eiland
zu betreten, soll ergriffen und gehenkt werden oder
schmählich erschlagen!

Abermals vergingen drei Jahre. Der Kampf mit Morold
hatte des jungen Helden Leben umgestaltet. Seitdem
fühlte er sich als Ritter und Mann, und der Drang nach
kühnen Abenteuern wuchs in ihm von Tag zu Tag. Die
Ruhe der Seele war ihm verloren gegangen.

Stundenlang verweilte er, auf seinen weiten einsamen Ritten auf Grani, seinem Lieblingshengst, nur von seinen Hunden begleitet, nahe dem Meeresgestade, auf dem Doler Berge. Dort träumte er von seinen Plänen.

Welche Tat muss ich vollenden, fragte er sich, damit der Name Tristan von Leonnois über dies grüne Land, über die weißen Wogen dort, durch alle Welt klingt als der herrlichsten einer noch in Tausenden von Jahren?

Freund Kurwenal weiß zu erzählen, dass irgendwo in der Ferne, über dem grauen Weltmeere das Eiland Avalun leuchtet. Wer es erreicht, ist unsterblich.

Werde ich auf meiner großen Wanderfahrt diese göttliche Insel der Ewigkeit finden? Feindselig lauerte Herzog Audret auf eine Gelegenheit, die seinen Vetter vom Hof entfernen könnte. War der Verhasste einmal fort, wer weiß, ob er dann jemals wiederkehrte.

Mit viel Geschick hatten Audrets Parteigänger es zuwege gebracht, dass es unter den Würdenträgern des Reiches nur wenige gab, die König Markes Vorliebe für Tristan billigten. Niemand freilich zweifelte daran, dass des Herrschers Wille, seinem bevorzugten Neffen den Thron zu hinterlassen, unbeugsam war, es sei denn, ein leiblicher Erbe mit natürlichem Vorrechte verdrängte den Erkorenen.

Marke war ein echter Hagestolz, und wahrlich, nichts war schwieriger, als den schon zum Einzelgänger gewordenen zu später Ehe zu bereden.

Gleichwohl, man musste es versuchen. Darum hörte Audret nicht auf, zu sagen: Verehrter Herr Oheim, Ihr müsst Euch ein Weib nehmen, denn es ziemt keinem

Fürsten, Herrschaft und Untertanen kinderlos zu hinterlassen. Wählt unter den Königstöchtern der Nachbarländer! Sorgt für einen Leibeserben! Ihr seid es Eurem Volke schuldig.

Ganelun, Godwin und Denowal und alle andern Feinde Tristans bestürmten den König mit dem gleichen Rate. Mitunter flochten sie verblümte Drohungen in ihre Reden, sprachen von Überdruss, Kränkung und Hofflucht.

Der König wusste sich nicht mehr zu helfen. Obgleich er entschlossen war, solcher Bitte und Nötigung immerdar Widerstand zu leisten, wollte er doch auch in Frieden mit seinen Baronen verbleiben und sich seine Liebe zu Tristan nicht vergällen lassen.

Als aber selbst dieser eines Tages ernstlich in ihn drang, dem Wunsche der Ritter zu willfahren, da ihm sonst das Bleiben am Hofe verleidet sei, da versammelte König Marke seine Edelleute und hörte sie einzeln an. Und da er vernahm, dass die Mehrheit mit seinem Vorhaben unzufrieden war, bedingte er sich Bedenkzeit aus und befahl den Baronen, nach vierzig Nächten nochmals vor ihm zu erscheinen.

Zwischen dem König und seinem Neffen herrschte das Schweigen der Erwartung. Keiner sah einen guten Ausweg. In seinen Gedanken und Träumen sehnte sich Tristan weit weg vom Hass und Neid seiner feigen Feinde, während Marke in seinem früheren Willen zu schwanken begann. Allmählich machte er sich mit der Notwendigkeit vertraut, seinen vornehmsten Wunsch und zugleich sein behagliches Hagestolztum zu opfern. Und wenn er seinen hämischen Untertanen zuliebe auch einer Frau Venus in die Hälfte seines Thrones einräumte, war damit der leibliche Erbe verbürgt?

Gleich einem Faun laut lachend, bedachte er dies, als er am vierzigsten Tage zu früher Stunde sein fürstliches Himmelbett verließ und sich ans offene Fenster begab, um sich am Maienmorgen zu erfrischen.

Da verflog sich im Eifer neckischen Streites ein sich jagendes Schwalbenpaar in Markes Gemach. Es hatte wohl droben im Turm sein noch unfertiges Nest. Und wie die beiden Vögel erschrocken sahen, wohin sie geraten waren, schwirrten sie durch das weite Fenster hurtig wieder hinaus und entschwanden mit fröhlichem Schrei im Blau der Lüfte. Ihren Schnäbeln war der Gegenstand ihres Spieles entfallen, ein langes Frauenhaar, blonder als Dukatengold und feiner als feinste Seide aus dem Morgenlande.

König Marke hob das Haar auf. Wiederum lachte er wie ein Faun:

Das senden mir die Götter!

Meine verehrten Ritter und Räte, sprach König Marke, als er gegen Mittag in die hohe Halle vor die harrenden Herren trat. Vorausgesetzt, dass der Brautwerber, den ich aussenden werde, seines Auftrages gerecht wird, ist es mein königlicher Wille, Eurem Wunsche zu willfahren. Ich habe meine Wahl unter den Töchtern der Erde getroffen.

Man murmelte Beifall, wennschon sich keiner der Höflinge klar ward, ob der Fürst im Spott oder im Ernst redete.

Darum stellte Herzog Audret die Frage: Sagt, König Marke, wer ist die Erkorene?

Marke erzählte die kleine Geschichte vom Schwalbenpaar und fügte hinzu: Die dieses wundersame Goldhaar ihr eigen nennt, die habe ich erkoren. Wisset, nie und nimmer werde ich einer Andern die Krone des Landes anbieten. An Euch aber, meine Herren, ist es, die Königsbraut nach Tintagol zu geleiten. Ich ahne es nicht, woher die Schwalben ihren Schatz mitgebracht haben. Gewiss aus weiter Ferne, denn unter den Bretoninnen habe ich solch Goldhaar niemals gesehen.

Audret vermochte des Argwohns nicht ledig zu werden, sein königlicher Oheim treibe argen Scherz mit ihm und seinen Genossen, um sich ihrer Forderung listenreich zu entziehen.

Mit bösem Blick auf Tristan fragte er: Wir freuen uns Eures Entschlusses, König Marke. Doch sagt, wer soll Euer Brautwerber sein?

Ich dachte zuvörderst an Euch, lieber Neffe, erwiderte der Herr der Bretonen, offenbar belustigt, denn Ihr wart doch wohl der Vater des Gedankens. Audret verbeugte sich geschmeichelt, um seine Ratlosigkeit zu verbergen. Empört über die Wendung der Dinge schaute er sich um. Es dünkte ihn, über die Gesichter seiner besten Freunde husche unverkennbare Schadenfreude. Er, der das gemächliche Leben über alles liebte, er sollte sich urplötzlich aufmachen und in die weite Welt fahren – mit dem lächerlichen Auftrage, zu einem ausgekämmten Frauenhaar die wer weiß wo weilende Besitzerin aufzuspüren!

Zu seiner Überraschung trat Tristan vor den Oheim und sagte: Verstattet mir in Gnaden, König Marke, dass ich mit etlichen Eurer Ritter und Mannen ausziehe, auf einem Eurer Schiffe, um die Eine zu suchen, der dies schöne goldene Haar zu eigen ist! Ich zweifle nicht, dass die Schwalben Boten des Schicksals waren. Irgendwo über Land und Meer harrt eine herrliche Königstochter Eurer Werbung. Verlasst Euch auf mich! Ich werde die Königsbraut gen Tintagol geleiten.

Möge er nimmer wiederkehren, der Narr! Frohlockte Herzog Audret insgeheim; laut aber sprach er: Wie soll dies Euch gelingen, Herr Tristan? Fürwahr, Ihr habt den Mund gehörig voll. Hierbei werdet Ihr wohl andre Gefahren zu bestehen haben als auf der Insel des Heiligen Samson, durch dessen Zauber Ihr den Wikinger erschlugt. Schon sehe ich Euch wieder in unsrer hohen Halle, ohne die goldene Braut mit der verlegenen Nachricht: Einer Fee gehört das Goldhaar, fern in einem Märchenlande, doch dies Paradies habe ich leider nicht betreten.

Hochmütiger denn je rief Tristan aus: König Marke, achtet des albernen Geschwätzes so wenig wie ich! Aus Dankbarkeit, Liebe und Treue zu Euch, meinem edlen Oheim und gütigen Schutzherrn, fahre ich über das Weltmeer, bis ich finde, was ich suche, meinetwegen nach Avalun. Leib und Leben will ich unverzagt einsetzen. Und nie kehre ich zurück nach Tintagol, es sei denn, ich bringe Euch die Königin mit dem Goldhaar. Das schwöre ich Euch bei meiner Ritterehre!

König Marke ließ sein bestes Schiff rüsten und es reichlich mit Korn, Wein, Honig und anderm Unterhalt versehen. Zwölf tatenlustige junge Ritter wählte sich Herr Tristan und dreißig wackere kühne Männer. Allen befahl er, sich wie Kaufleute zu kleiden. Die Waffen aber und die Panzerhemden verbarg man im Unterraume; dazu prächtige Gewänder, schöne Schuhe, kostbare Pelze und köstliche Scharlachmäntel, wie sie würdigen Brautwerbern eines mächtigen Fürsten geziemen.

Er selber sowie Freund Kurwenal gingen gekleidet als vornehme Spielleute, in roten Röcken und gelben Mützen.

So fuhren sie in das hohe Meer, auf ihrem Drachenschiffe, das Segel dem Winde bietend, der glückhaft wehte.

Schon am dritten Tage erblickte man Land.

Der Steuermann erkannte die langen Felsen. Das Schiff flog König Hangwins grünem Eilande zu. Er vermeldete es Herrn Tristan.

Ihr wisst, Herr Tristan, setzte er bedachtsam hinzu, seit Morolds Tod sind wir Bretonen dortzulande vogelfrei. Wer gefasst wird, hängt alsobald am Galgen. Es ist gar manchem schon so ergangen. Befehlt Ihr den Kurs zu ändern? Ich denke nicht daran! Lachte Tristan. Der göttliche Zufall hat unsern Kiel hierher geführt. Es ist unser Los, in König Hangwins Land zu Ehren oder zu Schanden zu kommen.

Frohgemut landeten die bretonischen Werber im Hafen von Dowelin.

Tristan ließ nur die Wenigen in die Stadt, die andrer Sprachen als bloß der bretonischen mächtig waren, und so glaubten die Hafenleute, das Schiff sei ein Kaufmannsschiff aus dem Angellande. Nur fiel es ihnen auf, dass die Fremdlinge sich um Handel und Schacher wenig kümmerten. Die meisten von ihnen vertrieben sich den lieben langen Tag mit Brettspiel oder bei den Würfeln und verblieben an Bord.

Solches ward dem Könige Hangwin nach seiner Burg, die weithin über Meer und Land lugte, berichtet, worauf der Befehl kam, bei erster bester Gelegenheit seien etliche der Fremdlinge zu ergreifen und ihm vorzuführen.

Andern Vormittags nahm man den Steuermann und zwei der Leute gefangen, wie sie auf dem Markt einen feisten Hammel für die Schiffsküche kauften. Die Verhafteten wurden in den Wachtturm gesperrt, um sie nach Mittag hinauf zur Burg zu schleppen.

Tristan erfuhr das Geschehnis. Sofort übergab er den Oberbefehl seinem ältesten Ritter und eilte nach dem Kerker, bei ihm Kurwenal, beide als Spielleute mit ihren Geigen, aber mit Schwert und Dolch versehen.

Wie der Stadthauptmann der beiden Kavaliere in ihrem unverhohlenen Zorn ansichtig ward, empfing er sie ungemein ehrerbietig. Das war bei aller seiner Rauheit so seine Art; er hatte nicht ohne Gewinn seine drei Dutzend Wikingerfahrten hinter sich. Es war ihm nicht recht klar, was er machen sollte, in welchem Falle er übertriebene Höflichkeit für das Schlaueste hielt. Und mit Recht, denn Herrn Tristans Ingrimm legte sich flugs. Vor Weltmannstum, so hatte ihn Kurwenal gelehrt, bleiben nur Landsknechte wütend.

Artig und gelassen sprach er: Herr Hauptmann, ich bitte Euch, lasst diese drei Leute unsers Schiffes gütigst frei!

Herr Spielmann, erwiderte der Normanne, ich habe König Hangwins Befehl, etliche von Euch Fremdlingen vor ihn zu führen. Meinem Herrn gehorche ich.

Das sah Tristan ein, und er sagte: So führt uns beide vor Euren König, lasst aber die Andern ihres Weges ziehn. Es ist bald Mittag, und Ihr wisst, die Seeluft macht hungrig. Überdies sprechen wir Spielleute Eure Normannensprache, und diese Leute nicht.

Dem Stadthauptmann war der Tausch recht, denn es dünkte ihn, die beiden seien vornehmer als jene drei. So entließ er sie mit ihrem Hammel.

Oben im Normannenschlosse, wohin man sie in ritterlicher Weise zu Pferd gebracht, standen Tristan und Kurwenal alsbald vor König Hangwin und seinen Hofleuten. Seinem Sessel zur Seite saß seine Tochter Isolde.

Als Herr Tristan ihr wunderbar goldblondes Haar schaute, da lächelte er glückselig, denn er hatte gefunden, was er gesucht.

Was lächelt der fremde Spielmann? Fragte die Wikingerin den Ritter Paranis, der hinter ihr ihrer Befehle harrte. Es war ihr Kämmerer, aus dem Frankenlande gebürtig, ihr treu ergeben wie kein andrer.

Paranis wusste keine bessere Antwort als ihr kurz zu berichten, dass sich diese zwei Herren freiwillig hatten herführen lassen für drei gemeine Leute, deren man gewaltsam habhaft geworden war.

Also keine Feiglinge! Dachte Isolde und sagte nichts weiter. Kühne Männer gefielen ihr immer.

König Hangwin begann ein Verhör.

Woher sie kämen? Was sie im Lande begehrten?

Tristan lächelte zum zweiten Male.

Wir sind bescheidene Spielmänner, erwiderte er, kommend von König Markes Hof. Ich nenne mich Tantris, und der da ist mein Freund Kurwenal. Wollt Ihr gnädig uns hören?

Hangwin fuhr zornig auf.

Ist es Euch nicht bekannt, Herr Tantris, dass jedermann, wer es auch sei, der sich aus Cornouaille auf unsre Insel wagt, sein Leben verwirkt hat?

Nehmt ihnen die Schwerter! Fügte er hart hinzu, zu den Knechten gewandt, die an der Tür der Halle Wacht hielten.

Ohne seine glückliche Laune zu verlieren, entgegnete Herr Tristan: König und Herr, wie ich Euch bereits berichtet, sind wir harmlose Spielleute, sakrosankti sozusagen an jedem Ort, wo höfische Sitte ihr Heim hat. Oder ist die Grüne Insel Barbarenland geworden? Wir hatten nichts davon vernommen.

Isolde glaubte, ihren Augen nicht mehr trauen zu dürfen: Der seltsame Fremdling lächelte zum dritten Male, und mehr noch, er warf ihr einen Freundschaft heischenden Blick zu.

Gelassen fuhr er fort: Wir waren an vieler hoher Herren Hofe. Nirgends hat man uns Schaden oder Leid angetan. So nehmt auch Ihr uns huldvoll auf. Lasst uns vor Euch und der Prinzessin spielen! Zeigt Euch uns als Gönner und Freund!

König Hangwin sah seine Tochter fragend an. Ihre hochmütige Miene regte sich nicht.

Es sei! Sprach Hangwin, um sich in aller Ruhe zu überlegen, was des Weiteren schicklich zu tun sei. Spielt ein gut Lied!

Tristan nahm seine Rotta und präludierte. Darnach trug er in der Sprache der Normannen aus dem alten Gedichte von Hagbard und Signe vor:

Sage mir, Signe
Du meine Sonne,
Liebste und Licht mir,
Sag mir das Eine!
Seit heute Nacht
Bist Du die Meine,
Bin ich der Deine.
Ohn dass wir fragten Vater und Sippe
Wurden wir Eines, Du,
Königstochter, Ich, Königssohn.

Sag mir das Eine:
Wenn mich Dein Vater
Fängt, und er führt mich
Zur Schädelstätte,
Als Rächer der Söhne,
Die ich ihm erschlagen.

Sage mir, Signe:
Wenn ich, verfallen
Dem Tode, da stehe,

Was wirst du fühlen?
Wahrst Du die Treue,
Weib, Deinem Manne?

Während er spielte und sprach, reichte Paranis seiner
Gebieterin, der nachdenklich lauschenden, das Schwert,
das man Tristan abgenommen hatte.

Wie Isolde den kalten Stahl in den Händen spürte, richtete sie unwillkürlich ihren versonnenen Blick darauf.

Als berühre sie der Tod, so grässlich erschrak sie. An
den Zacken der Scharte erkannte sie das Schwert dessen,
der ihr den geliebten Bruder dereinst im Kampfe gemordet hatte.

Leichenblass saß sie da, wie versteinert. Sie hätte auf-
springen mögen, hinaufrasen zur Kemenate, den Splitter
zu vergleichen mit der Scharte dieses Schwertes.

Narrte ein Wahngedanke ihre erregten Sinne? Und
sonderbar, wie Hagbards Sang sie berückte!

Isolde kannte das alte nordische Lied seit ihrer Kindheit. Sie liebte, aus Wahlverwandtschaft, diese gewaltigen Gestalten vergangener großer Zeit. Aber noch nie
hatte das Lied sie ergriffen so stark wie zu dieser Stunde.

Sie vermochte ihren heißen Blick nicht abzuwenden
von dem merkwürdigen Fremdling vor ihr. Wie edel,
unbefangen, Gefahr vergessend, fast kindlich er da
stand.

Der Gedanke, er sei Hagbard, verwirrte sie urplötzlich.

Er Hagbard! Ich Signe?

Jetzt sprang sie auf. Tristan hielt ein.

Hastig befahl sie dem Kämmerer, ihr den Schwertsplitter aus dem elfenbeinernen Schrein ihres Gemaches zu bringen.

Beeilt Euch, Herr Paranis!

Schon war er fort.

Tristan begann Signes Gegenstrophen aufzusagen. Leidenschaftliche kurze Klänge griff er dazu:

Leid war es und Last nur,
Länger zu leben,
Wenn Erde umarmt,
Den ich umschlungen.
Wann es auch sei,
Ob heut oder morgen,
In Ruhm und Ehre,
In Schmach oder Not:
Dir folg ich in Treue
In jeden Tod!

Geknüpft ward das Band,
Das keiner zerreißt,
Auf immerdar;
Und keiner entwirrt je
Die Fäden des Schicksals
Dir und mir,
Seit Sigars Tochter
In Liebe und Lust
Das Lager geteilt
Mit Hagbard dem Helden.

Qual und namenlose Bange, ein seltsames Hin und Her gleichsam zwischen Himmel und Hölle marterte die

Wartende, während das alte Liebeslied ihr Herz durch-
flutete.

Als Tristan geendet, reichte Paranis ihr den Splitter zur
Scharte.

Kein Zweifel mehr!

Sich aufreckend rief die Königstochter dem Spielmanne
zu:

Ihr seid Tristan von Leonnois, Morolds Mörder!

Sturmgeheul brauste durch die hohe Halle. Hundert
blanke Schwerter zuckten.

Tristan sah sich von zwanzig Händen gepackt. Da trat
Isolde zwischen die Männer, gebot den Rittern zu wei-
chen, näherte sich dem umdrohten Fremdling und küsste ihn auf den Mund.

Dies Symbol erklärte ihn zu ihrem Freunde.

Niemand mehr wagte, dem eben noch dem Tode Geweihten das geringste Leid anzutun. Tristan aber erklärte mit feierlicher Stimme: König Hangwin, hört mich in
Gnaden an! Fürwahr, ich bin Herzog Tristan von Leonnois, gekommen zu Euch und Eurem Volke, um ewigen Frieden zwischen den Bretonen und Normannen zu
schließen. König Marke, der Herr von Cornouaille, mein
Oheim, schickt mich zu Euch an der Spitze von zwölf
Rittern. Gestattet mir, König Hangwin, die Gesandten in
würdigem Gewande morgen um die nämliche Stunde
vor Euren Thron zu fuhren!

Ehrerbietig knieten Tristan und Kurwenal vor dem
fremden Fürsten nieder. Mit gütiger Gebärde forderte

dieser sie auf, sich zu erheben, bot ihnen die Rechte und sprach:

Lasst morgen hören, was König Marke uns verkündet!

Jubelnd empfingen die Ritter im Hafen die Zurückkehrenden. Schon glaubte man sie verloren, denn König Hangwin galt als ein harter Herrscher, der niemandem das Leben schenkte, der es verwirkt hatte. Und auch sich selber hielten alle dem Tode verfallen, da sie den Ausgang des Hafens durch eine Unzahl von Wikingerschiffen gesperrt sahen.

Am andern Morgen kleideten und schmückten sich die Ritter aufs Allerprächtigste. Herr Tristan aber legte einen fürstlichen Rock an von feinem rostbraunem Tuch mit goldverbrämtem Saum und hellschimmernden Bernsteinknöpfen, dazu eine lange goldene Halskette mit einem Stern aus Rubinen und Perlen. Sein braunes Haupthaar umschlang die golddurchwirkte purpurne Binde, das Zeichen seiner Herrscherwürde.

So stattlich und vornehm erschienen die bretonischen Herren vor König Hangwin und seinem versammelten Hofstaate. Festlich empfangen mit Hörner- und Trompetenschall schritten sie vor den Thron.

Hangwin begrüßte die Gesandtschaft voller Huld und forderte ihren Führer freundlich auf, sich seines königlichen Auftrages zu entledigen.

Da hob Herr Tristan an:

König Hangwin, ich komme als Brautwerber meines hohen Herrn und lieben Oheims, des Königs Marke von Cornouaille. Der über ein Jahrhundert langen blutigen Fehde müde, will er ewigen Frieden den feindlichen

Völkern sichern, indem er Euch fortan ein treuer Eidam zu sein gelobt und Eurer Tochter Isolde als der Königin seines Landes alle ihr gebührenden Würden und Ehren bietet. In sicherem Geleit werden wir sie übers Meer nach Schloss Tintagol führen, wo Glück und Freude ihrer harren. König Hangwin, Ihr habt meinen ritterlichen Auftrag gehört. Gebt mir nun Euren königlichen Bescheid!

Der alte Wikingerfürst wandte den Blick stumm seiner Tochter zu.

Sie bedachte sich kurz und gab ihm mit hochmütiger Geste ihre Zustimmung.

Keiner im weiten Königssaal ahnte, was blitzschnell in ihrer hochmütigen und hochgemuten Seele vorgegangen war.

Es ist mein Los, sprach sie entschlossen bei sich, diesem herrlichen Helden zu folgen, wenn auch als die Braut eines Andern.

Im nächsten Augenblick ergriff König Hangwin ihre Rechte und legte sie feierlich in die des Werbers, der die schmale, leise zuckende Hand inbrünstig küsste.

Isolde zitterte vor Lust und Leid. Es war ihr zu Mut, als solle sie laut aufjubeln und zugleich in bittere Tränen ausbrechen. Überirdisches ergriff sie. Und wunderbare Zuversicht raunte ihr zu: Noch in Jahrtausenden beneiden dich die Töchter der Erde um dein Glück!

Jede Bangnis schwand ihr.

Mutigen Herzens schritt sie über die Schwelle ihres neuen Lebens.

Ysabel, Isoldens Mutter, war in banger Sorge um das künftige Geschick ihres geliebten letzten Kindes. Die Einundzwanzigjährige sollte die Gattin eines Mannes werden, der längst kein Jüngling mehr. Marke war etwa zehn Jahre jünger als Hangwin, also noch sein Altersgenosse. Und überdies, so hatte man ihr berichtet, war der König von Cornouaille ein Mann, der nur lachte, wenn ihn die Welt und ihr Treiben zu Spott und Hohn reizten. Vor allem aber missfiel der Königin der dunkeläugige Brautwerber, dessen schreckliches Schwert ewiglich vom Blut ihres teuren Sohnes gerötet blieb.

Um die Mitte der Nacht, nach deren Ende der fremde Ritter ihr die jungfräuliche Tochter in die Ferne entführte, braute sie, geheimnisvolle alte Sprüche betend, nach uralter ererbter Vorschrift, aus allerlei Kräutern, Blüten und Wurzeln, die sie mit eigner Hand gesammelt hatte, ein wundersames Elixier, das sie einem Krug Wein beimischte.

Frauenherzen sind trügerisch und rätselhaft, meinte sie seufzend. Weiß ich, ob Isolde so leichten Mutes in die Ferne zieht, wirklich dem gekrönten Graukopf zuliebe, den sie nie gesehen? Ach, vielleicht weiß sie es selber nicht.

Isolde hatte eine gleichaltrige Gefährtin, ihre Gespielin von Jugend auf, die ihr die beste und vertrauteste Freundin war. Man hatte sie als kleines Mädchen von der Mündung der Düna mitgebracht. Es hieß, sie sei ein lettisches Fürstenkind. Brangäne war ihr Name.

Die Königin nahm sie beiseite und sagte zu ihr: Liebe Brangäne, du wirst mein einziges Kind in die Fremde begleiten und nie von ihm gehen. Höre mich an! Nimm dieses versiegelte Weinkrüglein und verwahre es gut, auf dass es kein Auge sieht und keine Lippe daraus trinkt! Am Hochzeitsabend aber, ehe du Isolden und ihren Ehegemahl zu ehelicher Minne allein lässt, gieße ihnen beiden zum Mahle den Liebestrank in den Becher. Wisse: die zusammen diesen Wein getrunken, sind einander untrennbar verbunden in Liebe und Leidenschaft, mögen sie es wollen oder nicht, durch alle Lust und alles Leid des Lebens, in allem Denken und Tun, immerdar bis in den gemeinsamen Tod und darüber hinaus in die Ewigkeit.

Brangäne nahm das Krüglein und versprach zu tun, wie ihr geheißen.

Und es kam der Tag heran, an dem das Schiff der Bretonen die Grüne Insel verließ. Ein rosenroter Wimpel wehte Freude kündend hoch über dem schneeweißen Segel.

Nur Paranis und Brangäne begleiteten die Königsbraut in die neue Heimat fern überm Meere.

Gar schwer war Isolden der Abschied gewesen von den lieben Eltern, Gespielinnen und Freunden, von der stolzen Königsburg und dem trauten Vaterlande, das sie bis in alle Winkel kannte und schätzte. Je weiter der hurtige Kiel des Schiffes sie hinwegführte unbekannter Zukunft entgegen, umso trauriger und trübseliger ward die Wikingerin. Oft in den stillen Nächten oder wenn sie allein in dem zeltartigen Gemache saß, das man ihr und Brangänen im Schiffe gezimmert hatte, weinte sie, sie, die noch nie geweint. Warum bin ich dem fremden Ritter gefolgt, fragte sie sich in banger Reue? Ist er nicht meines Bruders Mörder? Ein Feind meines Vaterlandes? Ist er mir der ehrliche gute Freund, zu dem ihn meine Träume erhoben, ich weiß nicht wie? Warum folge ich ihm willenlos, als sei ich die Seine und er nicht der Werber eines Anderen?

Und wenn sie dann am Morgen in der flammenden Junisonne auf der Bank unter dem Segel saß, plaudernd mit Tristan, vermochte sie sich nicht sattzusehen an seinen gütigen braunen Augen, in deren Tiefe es glühte und glänzte wie geheimnisvolles Gold. Alle Sehnsucht, alles Weh, alle Reue war verscheucht und vergessen. Er erzählte ihr vom Schlosse Tintagol und vom Leben in den Burgen der Bretagne. Er erzählte ihr von seinem ritterlichen Vater Riwal, seiner edlen Mutter Blankeflor und ihrer Liebe. Er erzählte ihr von der Sehnsucht seiner Jugend, von der Freundschaft mit Kurwenal, von der weiten Welt, durch die ihn der Vielerfahrene geleiten wolle. Er erzählte ihr, wie er sich das lebensfreudige Paris und das toternste Rom vorstellte. Dorthin würden sie wandern, und weiter noch, nach Byzanz und dem Heiligen Grabe. Manchmal brachte Tristan seine Rotta und trug der still Lauschenden aus dem Schatze seiner Lieder vor.

Die bretonischen klangen Isoldens Ohr am schönsten. Allein schon die Worte mit ihren hellen Vokalen umschmeichelten sie wie reine Musik. Und der weltgewandte weise Kurwenal begann, ihr die Sprache der Bretagne zu lehren. Wer eine fremde Sprache erlernt, der erwirbt sich eine zweite Heimat, pflegte er zu sagen, und lächelnd setzte er hinzu: Wer vieler Menschen Sprachen redet, der ist ein geistiger König auf Erden.

So fuhren sie über das glitzernde Meer.

Drei Tage vor der Sonnenwende kam die Kaiserinsel (so hatten die Römer sie genannt) in Sicht. Das Schiff glühte in der Sommersonne. Jedermann sehnte sich nach Schatten und Kühle.

Da bat Isolde, man möge auf dem Eiland einen Tag rasten. Gern erfüllte Tristan ihren Wunsch. Gegen Mittag, zwischen Flut und Ebbe, stieß das Schiff in den Glimmersand einer Bucht.

Die Ritter und Leute gingen alsbald samt und sonders in das bewaldete Land. Isolde und Brangäne entdeckten im nahen Gehölz einen behaglichen Ort, wo sie sich unter einer Felsenwand lagerten. Tristan blieb bei den beiden Frauen.

Als sie sich gesetzt hatten, dürstete es Isolden. Für einen Becher kühlen Weines würde ich dem, der ihn mir kredenzt, herzlich Dank wissen, meinte sie.

Im Bauche des Schiffes fehlte es an keinerlei Vorrat, und König Hangwin, der einen guten Tropfen zu schätzen verstand, hatte eine stattliche Reihe Krüge mit asturischem Rebensaft verfrachten lassen. Dessen erinnerte sich Herr Tristan.

Er schritt nach der Bucht, wo das Schiff, gestützt von Steinen, im Sande lag, und befahl der jungen Kammerzofe, die er antraf, ihm einen der Krüge und die Becher zu bringen, deren sich Isolde und Tristan beim Mahle zu bedienen pflegten.

Damit kam er zu den Frauen zurück.

Brangäne füllte einen der goldenen Henkelbecher und reichte ihn der durstigen Herrin. Sie trank, und nach ihr trank Tristan.

Ach, es war nicht Wein wie andrer Wein! Endlose Herzensnot, Leben und Tod war darinnen.

Die Zofe hatte den besonderen Krug gebracht, den die Königin Ysabel Brangänen anvertraut. Er stand bei ihrem Lager im Schiff. Da der Schenk nicht zur Stelle war, fand die Zofe nur das eine Gefäß.

Mit einem Male fiel Brangänens Blick auf den Krug, der am Henkel, kaum sichtbar, ein mahnendes Kreuzlein zeigte.

Wehe mir! Rief sie bei sich aus, und das Herz stand ihr still. Das ist der Liebestrank, der meiner Sorge anvertraut ward!

Er war zur Hälfte geleert.

Zu spät. Mochten sie das Unheil bis zur Neige schlürfen!

Entsetzt floh Brangäne nach dem Schiff, um sich Gewissheit zu holen.

Kein Wort mehr sprachen Tristan und Isolde in dieser Stunde. Sie schauten einander an, ein jedes beglückt von der Gegenwart des Andern.

Unterdessen wehklagte Brangäne.

Nimmer werde ich meinen Frieden wiederfinden. Nichts auf Erden hatte ich als meine Pflicht und Treue. Achtlos habe ich sie zerbrochen. Was bleibt mir vom Leben? Wie kann ich sühnen, was ich getan?

Schaudernd wiederholte sie sich jene Worte der Königin Ysabel: Wisse, die zusammen diesen Wein getrunken, sind einander untrennbar verbunden in Liebe und Leidenschaft, mögen sie es wollen oder nicht, durch alle Lust und alles Leid des Lebens, in allem Denken und Tun, immerdar bis in den gemeinsamen Tod ...

Drei Tage währte bereits die Rast auf dem bretonischen Cythera. Täglich bat Isolde Herrn Kurwenal, einen weiteren Tag zu verweilen.

Voll bangen Leids beobachtete Brangäne ihre Herrin und deren Freund. In den drei Tagen hatte Isolde weder Speise noch Trank genommen. Jener Becher war ihr letztes Labsal.

Auch Tristan begehrte weder zu essen, noch zu trinken. Ernst und bleich schritt er einher. Mitunter schien es der Betrachterin, als versuche er, die Geliebte zu meiden.

Wie sollte das enden?

Beide waren ineinander verwandelt. Jedes empfand unsagbare Not, jedes wähnte, es litte allein, und jedes fürchtete, ein Fremder möchte das kaum sich selbst Eingestandene erspähen. Keines redete, aus Angst, ein zu kühnes Wort könne des Andern Tod sein.

Nachts, in ihrem Verschlage, wachte Isolde brennenden Herzens. Wehe mir, flüsterte sie, welch Leid frisst heimlich an mir um den lieben und leiden Mann. Kann das Leid sein, was Liebe ist? Ach, ich habe ihn so lieb, dass ich ohne ihn sterbe. In jedem Augenblicke denke ich nur noch seiner. Kaum kann ich mich halten, es ihm nicht gleich einzugestehen. Ich arme Sünderin! Bin ich nicht die Braut eines Andern? Müssten wir einander nicht

Todfeinde sein? Mein Bruder hat seinen Vater erschlagen; er meinen Bruder. Doch Feindin ich ihm? Nimmermehr! Zwischen Himmel und Erde gibt es keinen besseren, keinen edleren, keinen herrlicheren Mann. Keinen, der ein größerer Held wäre. Ich kenne seinen Adel, seine Tugend, seine Schönheit, sein Rittertum, seinen klugen Sinn, sein wahrhaftig Gemüt. Auf allen seinen Wegen wirbt er um Ehre und höchsten Ruhm. Kann ich ihn mehr preisen? Es fehlt ihm kein männlicher Vorzug. Er ist der süßeste Mann, den je eine Jungfrau lieb gewann. Darum bin ich ihm zugetan. Er ist die Sonne meiner Seele. Aber ach, hat er mich lieb? So lieb wie ich ihn? O Gott der Liebe, erbarme dich meiner!

Herr Tristan litt nicht minder Not und Pein. Das Feuer der hohen Liebe hatte ihm seiner Gebeine Mark entzündet, und das Blut brannte ihm in allen Adern. Auch er vermeinte, sterben zu müssen. Seine Zuversicht, sein Gleichmut, seine Lebensfreude waren dahin. Stumm ging er einher, und wenn er Isolden ins geliebte Angesicht schaute, ward er glutrot und rasch wieder blass. Was bin ich für ein Feigling geworden? Warf er sich vor, verwirrt über sich selber.

Wie Brangäne sah, dass die Liebenden ihrem Schicksal unabwendbar verfallen waren, wandte sie sich voll Sorge um die geliebte Herrin an den Ritter Kurwenal, von dem sie wusste, dass er seinem Herrn ergeben war wie sie Isolden.

Ihm war seines Gebieters und Freundes Verwandlung nicht fremd.

Sie schütteten einander das Herz aus.

Was sollen wir tun? Fragte Brangäne.

Und sie berieten sich die halbe Nacht.

Wenn wir ihnen nicht helfen, sagte sie, ist es beider Tod. Sie zehren sich in ihrer heimlichen Liebe auf. Ohne Bedenken möchte ich mein Leben für Isolden geben, aber was nützte es ihr und ihm? Keine Frage, wir müssen ihnen ihr Leben erhalten, das der Welt wertvoller ist als das unsere.

Kurwenal sagte: Wer an der Krankheit der Liebe leidet, dem hilft nichts, wenn ihm seine Sehnsucht nicht gestillt wird. Ich muss den Verwunschenen seines Mannestums erinnern.

Am vierten Tage war die Sommersonnenwende.

Strahlend erhob sich der Morgen wie am ersten Tag im Paradiese.

Kurwenal sprach zu Herrn Tristan: Heut ist Sonnenwende, ein Tag der Sonntagskinder und Sieger. Geht zu Isolden! Gesteht ihr Euer Herzeleid! Es steht um sie genau wie um Euch!

Da fasste Herr Tristan Mut und trat vor das Schiffsgemach der Geliebten. An der Tür wankten ihm die Knie. Kaum vermochte er sich bemerkbar zu machen. Urplötzlich kam ihm ins Gedächtnis, dass er König Markes feierlich bestellter Brautwerber war.

Isolde hatte Tristans Tritte gehört.

Sie rief: Herr Tristan, kommt herein!

Er erschrak.

Warum heißt sie mich zu dieser Stunde Herr? Fragte er sich. Wie lieb wäre es mir, sie täte mir diese Ehre nicht an. Aber sie ruft mich in ihre Kemenate. Bekennt sie damit nicht vor ihrer Dienerin, dass ich ihr der Liebste bin?

Der Gedanke schenkte ihm Zuversicht und Kraft. Festen Schrittes trat er ein. Und wie er das Gespräch begann, verließ Brangäne das Gemach und ging Geschäften nach.

Die beiden blieben allein miteinander.

Königin, fragte Tristan, nur um nicht zu schweigen, warum habt Ihr mich Herr genannt? Bin ich nicht Euer Lehnsmann, Euer Untertan, Euer Diener, verpflichtet, Euch in Demut zu ehren, zu verehren als Herrin, Gebieterin, Fürstin ...

Isolde unterbrach ihn.

So ist es nicht rief sie. Nie war ich Herrin über dich! Als ich zum ersten Male deinen Namen hörte, Tristan von Leonnois, da ich noch nichts von dir wusste, als dass du der Feind meines Hauses, meines Volkes, meines Vaterlandes warst, da schon hast du mich ergriffen. Du machtest dich zum Herren über mich. Dann, als ich dich leibhaft vor mir sah, als ich das Schwert erkannte, das mir den Bruder gemordet, da küsste ich dich vor aller Welt, statt dich totschlagen zu lassen, wie es das Gesetz der Blutrache gebot. Du warbst um mich für einen Andern. Warum bin ich zu dir ins Schiff gestiegen? Es war nicht die Königskrone, die mich lockte. Du warst es, der es mir anbefahl, ohne dass du es mir in Worten sagtest. Es sollte dir ewig geheim bleiben. Und doch sage ich es dir heute. Ach, hätte ich Euch damals nicht geküsst!

Quält dich die Reue, Isolde? Fragte Tristan. Die Erkenntnis quält mich! Erwiderte sie. Und alles in mir und über mir. Erde und Himmel tun mir weh, Leib und Leben, Vergangenheit und Zukunft!

Sie stützte sich wie von ungefähr leicht auf Tristans Schulter.

Und du tust mir weh! Fügte sie weich hinzu. Er schaute ihr in die Augen und drückte sie an sich.

Wie der Abendstern im Blau der Ewigkeit hoch über ihren Häuptern aufflammte, waren Tristan und Isolde einander verbunden bis in den Tod.

Von der Kaiserinsel war es nicht mehr weit bis zum Festlande. In der Ferne über dem weißen Nebel schwammen die dunklen Klippen der langen Küste von Cornouaille. Bitteres Leid floss in die süße Lust von Tristan und Isolden. War doch sobald das Köstlichste zu Ende. Ein Dritter trat zwischen sie. Mit dem Rechte des Ehemannes und Gebieters durfte er Besitz nehmen von der Frau, die Tristan über alles liebte. Voll Grauen gedachte Isolde der ihr bevorstehenden Hochzeit.

Am letzten Tage auf der Insel hatten die beiden bis tief in die Nacht Rat gehalten. Gab es einen ehrlichen Weg aus ihrer Not und Pein?

Den gemeinsamen Tod verachteten sie als feige Flucht.

Wie aber, wenn sie im Morgengrauen, ehe das letzte Stück Fahrt begann, in einer Barke entrönnen? Britannias Gestade war ohne viel Gefahr zu erreichen. Und von dort stand ihnen die Welt offen.

Tristan vermochte sich dazu nicht zu entschließen. Er hatte König Marke, seinem Herrn, als Ritter und Held versprochen, seinen ehrenvollen Auftrag zu erfüllen; er hatte König Hangwin gelobt, seine Tochter zu ihrem Ehegemahl zu geleiten. Und sich selber hatte er, so weit er sich zurückbesinnen konnte, die Pflicht gesetzt, nie auch das Geringste zu tun, das ihm an einem Andern unritterlich gedünkt hätte.

Wenn das eine Schuld war, dass er seine Liebe zu Isolden im rechten Augenblicke nicht vernichtet hatte, wohlan, diese Schuld nahm er guten Mutes auf sich! Die Norne hatte ihm dies Glück oder Unheil gesponnen. Niemandem in der Welt hatte er hierbei sein Wort verpfändet. Hingegen, seine Ritterehre erheischte es, wenn auch blutenden Herzens, das Kleinod seines Lebens nach Schloss Tintagol zu führen. Geschehe dann, was geschehen soll!

Isolde hörte stumm an, was der Geliebte sprach. Am Normannenhofe hatten die Frauen zu Dingen der Mannesehre nichts zu sagen.

Ihr graute vor der Hochzeitsnacht mit König Marke, aber die wikingische Königstochter hätte sich selber verachtet, wenn sie der ihr vom neidvollen Schicksal zugeteilten Rolle kleinmütig und verzagt nicht gewachsen gewesen wäre.

Der Dämon, der in jedem höheren Weibe lebt und webt, rief ihr zu: Spiele deine Rolle als eine Meisterin!

Leidenschaftlich umarmte sie den Geliebten, der in ihren schimmernden großen Augen nichts erschaute als erhabene Demut vor der Götter Willen.

Da gesellte sich Brangäne der Beratung. Die heimliche Qual, die ihre treue Seele erlitt, war nicht minder gewaltig. Immer wieder warf sie sich Ungeheures vor. Dass der ihr anvertraute verhängnisvolle Zaubertrank den Liebenden gereicht worden war, es mochte die göttliche Hand des Schicksals so gefügt haben, aber hätte Brangäne ihre Pflicht erfüllt, das Unheil wäre nicht geschehen.

In den Sternennächten, in denen Tristan und Isolde die Juwelen ihres Lebens fanden, rang sich die zur Dienerin beschiedene Fürstentochter in heißen Tränen zu dem Entschlusse, der geliebten Herrin das Höchste zu opfern, um die schwere Schuld zu sühnen. Tausendmal lieber hätte sie ihr Leben gelassen. Was hätte es geholfen? Es galt, ihren jungfräulichen Leib zu opfern.

Ohne sich anmerken zu lassen, dass sie in langem Kampfe sich selber hatte besiegen müssen, erklärte die Getreue:

Herrin, ich werde König Marke geben, was Ihr ein zweites Mal nicht zu geben habt.

Aufschreiend vor Leid und Lebenslust fiel Isolde ihr um den Hals.

Und in echter Weibeslist beschlossen die beiden, den königlichen Ehemann auf das Ärgste zu betrügen.

Cornouaille kam näher und näher. Längst hatten die Hafenwächter das ferne weiße Segel mit dem frohen Wimpel darüber erspäht. Als das Brautschiff einlief, stand König Marke inmitten eines glänzenden Gefolges am Staden.

Fanfaren schmetterten, das bretonische Königsbanner flatterte, eine Flut von Rosen prangte, als Isolde beim Betreten des Landes die ihr feierlich dargebotene Hand König Markes ergriff und ihren künftigen Gemahl in Huld und Liebreiz begrüßte. Ihm, seinen Rittern, seinem Volke erschien die hohe goldblonde Wikingerin wie eine schöne Fee aus dem Märchenlande. Wahrlich, dachte er voller Freude bei sich, welch Glück haben mir meine lieben beiden Schwalben gebracht!

Bescheiden stand Herr Tristan hinter der umjubelten Königin. Es geschah nicht sogleich, dass der beglückte Bräutigam seiner wahrnahm. Umso herzlicher schloss er ihn endlich in seine Arme. Auch den jungen Kämmerer Paranis und der Jungfrau Brangäne reichte er die Rechte als Gesandten des Normannenvolkes, mit dem die Bretonen nach hundertjahrelangen Kämpfen zum ersten Male ein friedliches Band knüpften.

Auf Zeltern ritt der königliche Zug, geführt vom Seneschall Tynas, ein ins Bretonenland, nach dem Schlosse Tintagol.

Sinnend schaute Isolde zur Rechten und zur Linken die weite, weite Heide. Welch schwermütiges Land! Da leuchteten zum freudigen Gruße die hellen Zinnen der stolzen Königsburg auf, hinter der, empor zur Bergeshöhe, die mächtigen Baumwipfel des Gartens geheimnisvoll wogten.

Drei Tage nach Isoldens Ankunft ward des Königs Hochzeit zu Tintagol mit Prunk und Pracht gefeiert.

Es war Wikingerbrauch, dass kein Licht in der Brautkammer brannte bis Mitternacht, wo der Kämmerer zu kommen hatte, eine brennende Kerze in der Hand und einen goldnen Becher mit dem Hochzeitstrunk.

Beim Festmahl erzählte Isolde Herrn Marke hiervon und bat in listiger Verschämtheit, die uralte Sitte der Nordleute gelten zu lassen.

Artig vergönnte ihr dies der verliebte König. Und die Ehre des Hochzeitskämmerers trug er Herrn Tristan an, als dem, dem er die schöne Nacht verdankte.

Aber nicht Isolde lag im Brautbett, sondern Brangäne, die in ihrer Treue preisgab, was sie als einzigen Schatz besaß.

Dunkel verbarg der jungen Königin Betrug und des Königs ewige Schande.

Erst im Augenblick, da um Mitternacht Tristan als Kämmerer mit dem flackernden Lichte ins Gemach trat, schlüpfte Isolde an Brangänens Platz.

In langen Zügen trank der durstige König aus dem ihm feierlich gereichten Becher. Frohlockend nippte Isolde. Und es geht die Sage, Brangäne habe das Krüglein mit der Neige des Zaubertranks ehedem doch nicht ins graue Meer geworfen, sondern aufbewahrt und die letzten Tropfen in den Hochzeitsbecher gemischt. Fürwahr, König Marke hat Frau Isolden geliebt, sogar im Hasse, in Qual und Seelennot, und auch Herrn Tristan sein Herz niemals ganz verschlossen. War Brangäne daran die Urheberin oder war es der Edelmut des Königs?

Brangäne hatte ihrer Herrin das Teuerste geopfert. Und doch traute ihr Frau Isolde nicht.

Es war ihr unheimlich, die einzige Mitwisserin ihrer Schuld und Sünde täglich um sich zu sehen. Alles, was eine junge Frau begehren mag, war der Herrscherin zu eigen. Das Volk verehrte sie ob ihrer Schönheit. Keine im ganzen Lande hatte ihren hohen Wuchs, ihren vornehmen Gang, ihr goldnes Haar, ihren Liebreiz, ihre Sieghaftigkeit, keine besaß so ausgesuchte Gewänder, so weiße Perlen, so kostbares Geschmeide, so prächtigen Hausrat. Keine ritt einen schöneren Zelter, hatte edlere Falken und hurtigere Hunde. Keiner waren eifrigere Ritter zu Diensten als Paranis und Kurwenal. Keiner war ein königlicherer Gemahl vermählt. Und keine hatte einen herrlicheren herzliebsten Freund.

Niemand in der Welt kannte Isoldens süßes Geheimnis. Keiner belauschte sie. Keiner stellte ihrem heimlichen Glücke nach. Keiner hätte sie der Untreue bezichten können.

Allein Brangäne.

Konnte nicht der böse Geist plötzlich über sie kommen? Heute oder morgen konnte sie dem Könige Worte des Verrats zuflüstern. Mächtiger als ihre Herrin, konnte sie Isolden verderben zu jeder Stunde. Beider Glück war ihrer Laune Sklave. Ach, auch Tristans Leben lag in ihren Händen!

Fiebernd bedachte Isolde dies alles in so mancher Nacht, wenn sie schlaflos neben König Marke lag. Und langsam wuchs in ihr ein grausamer grausiger Anschlag.

Eines Tages im Herbst da König Marke mit Tristan und den andern Herren, die Dienst im Schlosse taten, zur Sauhatz nach der Weißen Heide geritten war, berief Frau Isolde zwei Knechte zu sich. Sie versprach ihnen die Freiheit und je dreißig Silbertaler, wenn sie eine Tat vollbrächten, die sie ihnen auftragen wolle. Die Knechte erklärten sich bereit.

Schwört mir bei eurer Mutter ewiges Schweigen! Befahl die Königin.

Die beiden Knechte schworen, wie ihnen geheißen.

Da sagte die Königin: Ihr wisst, hinter der Burg, im Baumgarten steht ein Brunnen. Stellt euch in dessen Nähe, und wenn einer kommt, ein Mann oder ein Weibsbild, mit einem goldenen Becher Wasser zu schöpfen, den schlagt tot und bringt mir zum Zeichen eurer vollführten Tat die Zunge des Erschlagenen!

Die Knechte empfingen ihre Silberlinge, gelobten nochmals, es also zu tun, und gingen voller Freude über den Lohn.

Die Königin aber legte sich nieder, klagte, sie wäre krank und begehrte von Brangänen Wasser in ihrem Becher aus dem Baumgarten. Dort war auf weit und breit der frischeste Quell.

Besorgt nahm Brangäne Isoldens Goldbecher und ging zu dem Brunnen. Als sie vom Wasser schöpfte, da traten aus dem Busch die beiden Knechte, packten sie an den Armen und sagten ihr, sie müsse sterben.

Brangäne erschrak ohne Maß und sprach: Was soll das? Ich wüsste nicht, was ich getan hätte, dass ich den Tod verdient. Lasst mich von hinnen!

Die Knechte erwiderten ihr: Es ist der Königin Befehl!

Tief betrübt sagte die treue Brangäne: Bei meinen Göttern, ohne Schuld bin ich jämmerlich verraten. Ich weiß nicht, was die Frau Königin an mir zu rächen wähnt. Ihr aber seid brave Männer, die nichts Ungerechtes vollstrecken dürfen. Eile einer von euch beiden zurück zur Königin und vermelde ihr, ich sei von euch erschlagen, und ich ließe ihr durch meine letzten Worte sagen, Gott Odin soll ihr Leib und Ehre schützen für all das Gute, das sie mir ehedem getan. Ich hätte ihr mein schneeweißes Brauthemd von Herzen gern hingegeben, weil der starke Sturm das ihre zerrissen.

Den Knechten war der Rede Sinn verborgen, doch soviel errieten sie; dass die Königin Übles von ihnen gefordert hatte. Darum sagte der Eine zum Andern: Wir wollen unser Gewissen rein halten. Vielleicht ist die Frau Königin schon andern Willens.

Wie sie so miteinander redeten, lief von ungefähr ein Windhund vorüber. Den fingen sie und erstachen ihn.

Die warme Zunge des Tieres in der Hand, ging der eine Knecht vor Frau Isolden.

Hast du deinen Dienst getan? Fragte sie ihn erbebend. Hat sie dir etwas aufgetragen ? Sprich, was waren ihre letzten Worte?

Wir haben sie erschlagen, erwiderte der Mann, erschrocken vor der unheimlichen Glut in seiner Herrin meerblauen Augen. Sie lässt Euch sagen, Gott Odin möge Euch Leib und Ehre schützen für all das Gute, das Ihr ihr ehedem angetan. Sie hätte Euch ihr schneeweißes Brauthemd von Herzen gern hingegeben, weil der starke Sturm das Eure zerrissen. Und hier, Königin, ist die Zunge der Gerichteten!

Isolde ward totenbleich. Das Herz stand ihr still. Kaum vermochte sie zu sprechen.

Ich Unselige! Sagte sie vor sich hin. Wie weit habe ich mich von mir selber verirrt!

Narr du! Rief sie, jäh aus ihrer Ohnmacht erwachend. Mordbube, was hast du getan?

Der Knecht grinste verschmitzt.

So wandelbar ist das Weib! Es lacht und weint, liebt und verrät, leidet und mordet zur selben Stunde.

Frau Königin, sagte er, tröstet Euer Gemüt! Das Weib am Brunnen lebt und ist nicht tot. Da ich sehe, es täte Euch leid, wenn es anders wäre, so bin ich froh, dass wir ihr das Leben gelassen haben.

Spottest du? Fragte Isolde ungläubig.

Nochmals sagte der Knecht: Frau Königin, wir haben ihr das Leben gelassen. Zürnt uns nicht! Soll ich sie Euch bringen ?

Wenn ich Brangäne wiedersehe, will ich euch, dich und deinen Gesellen, mit Gold belohnen. Sonst aber seid ihr verflucht auf immerdar.

Als Brangäne leibhaftig wieder vor ihr erschien, sank Isolde, aus Freude wie von Sinnen und Tränen in den Augen, vor ihrer Dienerin nieder und küsste ihr beide Hände.

Treueste der Treuen, sagte sie ehrlichen Sinnes, verachtest du mein undankbares Herz? Solange ich lebe, will ich an dir wieder gut machen, was ich gefehlt. Wie gnädig sind mir die Götter, dass die Einfalt der Knechte dich errettet hat! Verzeihst du mir, Freundin?

Es kommt mir nicht zu, von Verzeihen zu reden. Deine Mutter hat mich den Seeräubern abgekauft und mich dir geschenkt. Du kannst machen mit mir, was du willst. Es ist dein Recht. Du bist die Herrin. Was schön war in meinem nichtigen Leben, verdanke ich deiner hohen Mutter und dir. Und wenn es dir zur Freude ist, dass ich noch lebe, so soll es auch meine Freude sein. Dir und Herrn Tristan diene ich bis zu meinem letzten Stündlein.

Versöhnt küssten sie sich. Und lange weinten sie, still bei einander.

Plötzlich ermannte sich Isolde.

Wenn es wahr ist, sagte sie versonnen, dass wir Frauen dem ewiglich gehören, der uns als Erster hinnimmt, so bist du vor Gott und jedem, der die Wahrheit weiß, die Königin von Cornouaille und ich die Herzogin von Leonnois, im Leben wie im Tode. Und nicht dies ist meine große Schuld, dass ich König Marke betrog, betrüge und weiter betrügen muss, sondern jenes, dass ich Herrn Tristan die Treue der ersten Liebe brach.

Über ein Jahr ging dahin. Tristan und Isolde glaubten, ihr heimliches hohes Liebesglück könne nimmer ein Ende haben. Aber der böse Feind lag auf der Lauer.

Im Schlosse lebte ein Zwerg; Melot hieß er. Er stammte aus Aquitania. Wie alle Verkrüppelten war er tückisch und boshaft, neidisch und falsch. Unbemerkt schlich er zu allen Stunden durch die Gänge und Gemächer. Und so war er es, der hinter der Liebenden Geheimnis geriet. Brangänens Wachsamkeit vermochte es nicht zu hindern. Weder Frau Isolde noch Herr Tristan hatte ihm Schlimmes je angetan, aber der Bursche hasste ob seiner eigenen kleinlichen dunklen armseligen Natur alles, was in Schönheit, Größe und Glück leuchtete.

Wie er wusste, dass die Königin und des Königs Kämmerer des Öfteren verbotener Liebe pflogen, wandte er sich an Tristans ärgsten Feind, Herrn Audret. Der frohlockte. Endlich hatte er ein Mittel, den verhassten Vetter zu verderben und zu entfernen.

Mit hochwichtiger Miene erschien Audret, begleitet von seinen drei Spießgesellen Ganelun, Godwin und Denowal, vor Marke zur Stunde, da der König Bittstellern und Anklägern Gehör zu geben pflegte.

König und Herr, sprach Audret, wir wissen wohl, dass Ihr voll Zorn sein werdet, wenn Ihr mich angehört habt, und es tut uns im Voraus unsagbar leid, aber wir müssen Euch enthüllen, was wir entdeckt haben. Ihr haltet mehr auf Herrn Tristan als ihm gebührt und mehr als er es verdient. Ihr hebt ihn über alle Eure Verwandten, Freunde und Gefolgsmänner. Aber er schändet Eure Ehre. Er buhlt mit Eurem Weibe. Er verleitet sie zu Untreue und Schande. Wir warnen Euch, König Marke. Schickt den Übeltäter schleunigst aus dem Lande, denn was wir Euch vermelden, ist lautere Wahrheit. Schon reden die Leute und spotten Eurer Blindheit.

Marke griff an sein Herz; es tat ihm gewaltig weh. Und ohne seinen Schmerz und Ingrimm zu offenbaren, erwiderte er dem Kläger:

Schweigt! Ich leugne nicht, dass ich Herrn Tristan als einem tapfern Manne den Vorzug gebe vor dir Memme und Schwätzer. Hast du vergessen, wer den raubgierigen Wikinger im mutigen Zweikampf besiegte und das Land von der Schmach befreite? Keiner von meinen Baronen bewies damals seinen Mut. Seitdem liebe ich den jungen Helden; Ihr aber hasst ihn. Genug! Was habt Ihr Schändliches entdeckt? Sprecht, doch macht es kurz! Ich höre Schurkerei ungern.

Audret wagte kaum noch zu reden.

Lieber Oheim, stotterte er verlegen, ich wollte Euch nur gewarnt haben. Wie gesagt, die Leute munkeln so manches. Doch ist gewiss nichts Wahres daran, und Eure Frau Gemahlin, unsre verehrte Königin, hat nichts getan, was Eure Augen nicht sehen und Eure Ohren nicht hören könnten.

Ungnädig hatte König Marke die Verdächtiger entlassen. Er glaubte ihnen kein Sterbenswort, aber eine Wunde hatte man ihm doch geschlagen, und das darein geträufelte Gift blieb nicht ohne Wirkung. Obgleich es weder sein Vorsatz noch seine Art war, ertappte er sich immer wieder dabei, wie er Frau Isolden und seinen Neffen Tristan beobachtete.

Brangäne bemerkte es und warnte die Liebenden. Sie waren auf ihrer Hut; aber einmal geschah es, dass Marke unerwartet eintrat, just wie Tristan Frau Isolden im Arm hielt und küsste. Der König erschrak mehr als Tristan. Der tat, als habe er Scherz getrieben.

Heiß vor Zorn rief Marke: Tristan von Leonnois, Euer verliebtes Spiel mit meinem Weibe geht über die Schranken des Wohlerlaubten. Nicht will ich glauben, dass du den ungeheuerlichen Verrat, dessen dich deine Feinde zeihen, zu begehen fähig wärest. Doch was nicht ist, kann kommen. Darum befehle ich dir in noch unverletzter Freundschaft: Hebe dich aus meinem Hause! Meine Seele ist voller Unruhe. Sobald sie ihren Frieden wiedergewonnen hat, rufe ich dich zurück. Geh jetzt; es könnte anders dein Tod sein!

Tristan ließ sein und Kurwenals Roß satteln, denn er sah ein, dass sein Bleiben im Schlosse Tintagol ihm und der geliebten Frau nur Unheil und Gefahr bringen müsse.

Schweren Herzens brach er auf und ritt gen Dinan, um beim Seneschall Tynas Zuflucht zu suchen. Er wusste, sein greiser Freund kündigte ihm auch an den Tagen der königlichen Ungnade die Kameradschaft nicht.

Es war ein trüber Oktobernachmittag. Rauer Nordwind wehte vom Meere her. Wilde Gänse flatterten über die Heide. Es fröstelte den jungen Reitersmann. Er fühlte sich todunglücklich und namenlos einsam. Und als er am Abend in der Halle bei dem Freunde saß, da fiel er ihm um den Hals und weinte vor unsagbarer Sehnsucht.

Wildes Fieber schüttelte ihn. Drei Wochen lang lag er krank darnieder.

Krank ward auch Isolde, als sie ihres liebsten Freundes Zustand erfuhr.

Was half es ? Es galt zu leben und zu hoffen, so schwer es beide ankam.

Der Winter rann träg dahin, ein trister trübseliger Winter ohne Sonne und Freude.

Aber als Balder, der Lichtgott, die ersten Himmelschlüssel über die sprießenden Wiesen streute, da erwachte Tristan aus seiner Ohnmacht und grübelte nach, wie auch seiner Liebe neuer Frühling zu Teil werde.

Er setzte sich auf seinen Hengst und legte die sechs Wegstunden von Dinan nach Tintagol in anderthalb Stunden zurück. Er verbarg Grani im Walde, sprang über die hohe Pfahlmauer in den Baumgarten hinter Markes Burg und lauerte auf Brangänen.

Zufällig kam sie spät abends nach dem Brunnen. Unter den Bäumen auf halber Höhe redeten sie lange miteinander.

Hilf mir, Brangäne! Bat Tristan. Ich muss Eure Herrin wiedersehen, sonst gehe ich zugrunde. Die treue Magd erwiderte: Täglich sagt Frau Isolde zu mir: Hilf mir, Brangäne! Ich muss den Einziggeliebten wiedersehen, sonst sterbe ich!

Da ward der Liebende wieder wohlgemut. Nach einer Weile, nachdem ihr der Verbannte von seinem unseligen Leben erzählt hatte, sagte Brangäne: Hört mich an, Herr Tristan! Ihr wisst, von der Bergeshöhe läuft die alte römische Wasserleitung hinab in das Badegemach von Frau Isolden. Wenn ihr droben in das Sammelbecken einen Holzspan werft, so schwimmt er durch die Röhren bis in die Marmorwanne. Wir werden allezeit Obacht geben. Wenn wir einen Span mit einem Stern aus fünf Strichen darin finden, wird meine Herrin nachts zu Beginn der zwölften Stunde unter der alten Linde am Brunnen im Baumgarten Eurer warten.

Selig vor Freude schied Tristan von der listenreichen Brangäne. Frau Isolde aber ward von Stund an froh und fröhlich. Vor Erwartung blühte und glühte sie wie eine junge Rose.

Zweimal in jeder Woche fanden die harrenden Frauen im Bad einen Span mit darein geritztem Stern. Nichts ist einer Liebenden wonniglicher als solche Sternenbotschaft.

König Marke schlief den Schlaf des Gerechten, während sich Frau Isolde, einen langen Mantel aus schwarzer Seide um die nackten Schultern, im Dunkel des Baumgartens mit ihrem Herzensfreunde küsste und koste.

Kein Feind ahnte Tristans Nähe. Es hieß am Hofe, er sei noch immer krank. Niemand lauerte, niemand lauschte. Zehn, zwanzig, dreißig Mal erfreuten sich die beiden Glücklichen des heimlichen Wiedersehens. Es träumte der weite Park. Die grün und blauen Quader des hohen Schlosses schimmerten hinter den Büschen und Bäumen. Der Wache haltenden Brangäne leise Schritte knirschten fern im Kies des Weges.

Die alte Linde raunte und rauschte, und der muntere Brunnen sang seine ewiggleiche Melodie.

Wonnesam waren die Nächte im Mai und Juni.

Der Vollmond ward der Verräter. Eines Abends sah Melot seine Herrin in den Baumgarten schlüpfen. Zum Glück erspähte ihn Brangäne. Ein kurzer Ruf warnte den Wartenden.

Der böse Zwerg hatte nicht das Geringste erschaut, aber sein durchtriebener Geist verriet ihm die Wahrheit. Für ihn gab es fortan keinen Zweifel: Frau Isolde empfing nachts im Baumgarten den tagüber fern weilenden Liebsten!

Es fiel ihm nicht ein, sich wiederum an den plumpen Audret zu wenden, aber am andern Morgen bei der ersten Gelegenheit flüsterte er seinem Herrn und Gebieter zu: König Marke, wisst Ihr, dass ich in den Sternen zu lesen verstehe?

Und was kommt bei der Narretei heraus? Brummte Marke misslaunig.

Allerlei! Versetzte der Zwerg. Zum Beispiel weiß ich, was Ihr nicht wisst, nämlich dass Euer Weib, die Frau Königin; heute in der Stunde vor Mitternacht mit Euerem gewesenen Kämmerer, dem Herrn Tristan, ein Stelldichein haben wird, hinten im Baumgarten unter der alten Linde am Brunnen. So wahr ich hier stehe! Sollte es aber nicht eintreffen, was da droben geschrieben steht, wohlan, dann lasst Euern Zwerg um Mitternacht im Burghofe noch um einen ganzen Kopf kürzer machen. Es soll ihm recht und gerecht sein. Ich rate Euch: reitet auf die Jagd, kehrt am Abend heimlich zurück und setzt Euch beizeiten in die Linde. Dort werdet Ihr zur Genüge sehen, was Ihr mir nicht zur Genüge glauben wollt!

König Marke war maßlos erregt und bewegt. Auf der Stelle befahl er den Knechten, den elenden Bösewicht bei Wasser und Brot ins Burgverlies zu werfen.

Nicht um zu tun, wie ihm angeraten, sondern um Kopf und Herz vom üblen Verdacht zu befrein, ritt König Marke nach dem Mahle, das ihm nicht recht hatte munden wollen, mit nur einem, seinem vertrautesten Knappen, in die Weiße Heide. Er fand weder Vergnügen noch Zerstreuung. Aus Unruhe und Ungeduld machte er sich bald wieder auf den Heimweg. Und als die Nacht anbrach, schlich er sich wie ein Dieb in seinen Baumgarten. Es schlug zehn vom Turm, da kletterte er, sich selbst verlachend in bitterer Ironie, schon hinauf in die buschige alte Linde und lauerte droben wie der Habicht auf die Maus.

Wunderbar leuchtete der Mond. Eine Nachtigall begann ihr Lied. Lauschend vergaß der König, was ihn auf seinen sonderbaren Sitz geführt.

Da kam jemand an den Brunnen.

Tristan!

Marke beobachtete, kaum noch atmend, jede seiner jugendfrischen Bewegungen.

Wie frohgelaunt, sorglos, verführerisch er aussah!

Horch!

Mit einem Male sangen zwei Nachtigallen.

Die erste verstummte.

Und die zweite krächzte unvermittelt wie ein alter Uhu.

Tristan vertrieb sich die Zeit mit derlei kindlichem Spiel.

Ach, noch einmal möchte ich jung und übermütig sein wie dieser da drunten! Seufzte der König. Eines entging ihm bei seiner Klage.

Tristan hatte plötzlich auf dem silbernen Wasserspiegel seines Oheims lauerndes Gesicht erkannt.

Im Moment erbebte er bis ins Mark.

Rasch fasste er sich.

Verrat! Verrat! Rief er sich im Geiste zu.

In Gefahr fühlte er stets die volle Lust am Leben. Jeden Augenblick musste Isolde zum Stelldichein kommen. Vor einer Stunde hatte er ihr den schwimmenden Span mit dem Stern geschickt. Schon näherte sie sich.

Tristan saß auf dem Rande des marmornen Brunnenbeckens. Nicht wie sonst stürmte er der Erwarteten fröhlich entgegen. Unbeweglich starrte er auf das Wasser.

Ein Feind ist nah! Sagte sich Isolde, indem sie langsam unter die Linde trat.

Verzeiht mir, Königin, begann der Freund, dass ich es gewagt habe, Euch zu bitten, mich anzuhören.

Halb nur hörte sie Tristans leise zitternde Worte. Ihr spähender Blick hatte ihres Ehemannes verzerrte Züge, umrahmt vom Lindenlaub, auf dem glatten Wasser erfasst.

Es gilt, klug und weise zu sein! Rief sie sich zu. Fürwahr, Herr Tristan, erwiderte sie, ohne lange zu zögern, in einem Tone, dessen Kälte und Härte den Geliebten aller Furcht und Angst ledig machte, unerhört kühn ist es von Euch, mich zu dieser Stunde an diesen Ort zu locken. Nur um Euren weiteren Bitten zu entgehen, bin ich gekommen, und weil es der Zufall fügt, dass König Marke, mein hoher Gemahl, nicht im Hause weilt. Unmöglich hätte ich sonst kommen können. Beeilt Euch! Sagt, was wollt Ihr von mir! Sagt es kurz und bündig!

Königin, verzeiht mir meine Verwegenheit! Wiederholte Tristan. Ich ertrage meine Verbannung nicht länger, und ich bitte Euch: Versöhnt mich mit meinem König und Oheim!

Barsch erwiderte die Königin: Das liegt nicht in meiner Macht. Ihr habt seine Gunst und Gnade verscherzt. Und mit Recht. Erinnert Euch Eurer tollen Narrenspossen! Muss Herr Marke nicht überzeugt sein, wir seien zwei sich schnäbelnde Turteltauben? Dass Ihr noch immer ein Kindskopf seid, trotz Eurer sechsundzwanzig Jahre, wie sollte er, der ernste Mann, dies wissen und verstehen?

Es fehlte nicht viel, so wäre König Marke von seinem Ast heruntergesprungen und hätte seiner Frau vor unbändiger Freude den holdseligen Mund geküsst.

Indes spann sich das ergötzliche Zwiegespräch unter ihm weiter. Als ob du vernünftiger wärst denn ich! Ließ sich Tristan, wenig galant, hören. Kein Wunder, dass dich König Marke nicht ernst nimmt. Wenn eine so schöne Frau ihren Ehegatten bittet: Nimm dies Kind in Gnaden wieder auf! – so müsste dies genügen, meine ich. Aber, wahrlich, du verstehst den Oheim nicht zu nehmen! Er grollt mir, ohne dass er rechten Anlass dazu hat. Du hättest ihn längst aufklären können. Aber ich weiß ja, Ihr wollt beide, dass ich das schöne Land Cornouaille verlasse, das ich mehr liebe als meine väterliche Heimat.

Rede nicht so töricht! Sprach Isolde. Wenn ich vor König Marke für Euch spräche, käme ich da nicht von Neuem in den unwürdigen Verdacht, Euch sündhaft zu lieben? Kleinmütig misstraut er mir. Ich gebe zu, ich war dir im Herzen hold, weil du sein Blutsfreund und ein erprobter Held bist, und weil wir in jeder Gefahr auf dich rechnen können, aber meine Ehre geht mir über alles. Wenn du in die Welt ziehen willst, ich halte dich nicht zurück. Ach, ich Unselige! Mit Leib und Seele ge-

höre ich ewiglich dem Manne, der zuerst mich als Jungfrau in seine Arme genommen hat. Dies schwöre ich bei
meiner Seele Seligkeit! Lasst mich, Herr Tristan! Wendet
Euch an einen glücklicheren Vermittler!

Tristan seufzte laut und vernehmlich.

Es sei! Sagte er sodann traurig und trübselig. Ich werde
mit Freund Kurwenal in die Welt ziehen. Vielleicht
schätzen mich fremde Könige mehr. Das Eine aber rich-
tet für mich aus! Meine Waffen hängen in meiner Kammer. Ich habe sie als Pfand meiner Treue zu Herrn Marke dagelassen. Ich bitte ihn, mir Schwert und Schild,
Panzerhemd und Lanze nach Dinan zu schicken. Lebt
wohl, schöne Frau Isolde! Möget Ihr und Euer Gatte einen besseren Diener als mich finden!

Derweil war Isolde hinweggeeilt.

Tristan blieb am Brunnen, in tiefes Sinnen versunken.

Endlich entfernte auch er sich, und König Marke
sprang von seinem unköniglichen Throne herab. Am
Morgen fragte König Marke: Sage mir, Isolde, wann hast
du Herrn Tristan zum letzten Male gesehen?

Sie gab die Antwort: Marke, frage mich nicht nach dem
Manne, der mir dein Vertrauen genommen! Ich will ihn
nimmer wieder sehen.

Da sprach der König: Weib, du sahst ihn in dieser
Nacht im Baumgarten am Brunnen. Ich saß über Euch,
wie Ihr geredet habt, und ich habe es Wort um Wort gehört.

Wir schieden im Zorn voneinander! Erwiderte Isolde.

Ich habe ihm verziehen, fuhr Marke fort, und es soll mich freuen, wenn auch du ihm verzeihest. Ich will ihn wieder aufnehmen im Schlosse und vor aller Welt ehren.

Wer weiß, sagte Isolde, ob es nicht besser wäre, wir ließen ihn in die Welt ziehen. Seine Feinde werden ihn nun erst recht verlästern und verdächtigen. Sie wollen seinen und meinen Tod.

König Marke beharrte bei seinem Willen.

Schicke Paranis, deinen Kämmerer, nach Dinan mit der Botschaft, Herr Tristan möge ohne Verzug wiederkehren! Ihr aber sollt Freunde sein und bleiben. Ihr sollt beieinanderstehn und gehn nach Herzenslust. Ich vertraue seiner Freundschaft und deiner Treue.

So zog Herr Tristan wohlgemut wieder ein im Schlosse Tintagol.

Paranis und Tristan, die beiden Kämmerer, hatten ihr Schlafgemach neben dem des Königs und der Königin. Eine Tür verband und trennte die Räume.

Marke war Frühaufsteher. Jeden Morgen ging er zu seinen Pferden, Hunden und Falken. Dies war die Stunde, in der Frau Isolde den Geliebten des Öfteren bei sich hatte.

Zumeist verließ auch Paranis die Kammer.

Melot war vom Könige begnadigt worden. Von Neuem schlich er auf verräterischen Wegen, und Tristans Morgenbesuche blieben ihm nicht verborgen.

Drei volle Wochen war er hinter Schloss und Riegel halbverhungert. Das vergaß er sein Leben lang nicht, und um derentwillen er geschmachtet, die sollten das

Nämliche erdulden. Während seiner Haft hatte er tausend Rachepläne ausgebrütet.

Eines Tages zur Zeit des Mittagsmahles nahm der Zwerg die abgeschnittene Schneide einer scharfen Sense und fügte sie in die Schwelle, die Tristan überschreiten musste, wenn er sich des Morgens seiner Herrin heimlich näherte. Nur wenig ragte der Stahl aus dem Holz hervor, genügend gerade, um einen nackten Fuß blutig zu verletzen.

Und so geschah es auch, als Tristan am Morgen in freudiger Eile sein Gemach verließ. Weder er noch die Geliebte gewahrte den Blutfleck in Isoldens weißem Bett.

Melot hatte auf der Lauer gestanden, bis er gewiss war, dass Tristan und Isolde in Liebe beieinanderlagen. Alsbald eilte er hinunter in den Hof zum Könige, ihm das Geschehnis zu melden.

Als Marke plötzlich erschien, stellte sich Tristan, als sei er eben eingetreten. Ich hörte lauten Lärm im Hause, sagte er. Besorgt bin ich herbeigeeilt. Entschuldigt mein Nachtkleid!

Angesichts des verräterischen Blutes verstummte der Überführte.

Gesteht Euer Verbrechen, schamlose Verräter! Schrie König Marke, beinahe von Sinnen vor Zorn und Wut.

Der Schein ist wider uns, erwiderte Isolde tonlos, während Brangäne ihr das Gewand reichte.

Macht mit mir, was Ihr wollt! Stöhnte Tristan, ergrimmt über sein Missgeschick. Nur vergreift Euch nicht an Frau Isolden!

Ich werde tun, was mir beliebt, lautete Markes verächtliche Antwort.

Schon stürzten, vom triumphierenden Zwerge herbeigeholt, Audret und seine Gesellen ins Gemach.

Die Treulosen sind dem Tode verfallen! Sprach der König. Bindet sie! Werft sie in den Turm! Heute noch wird das Urteil gefällt.

Eilboten ritten durch das Land, um alle Edelleute zum Gerichtstage zu rufen. Der König selbst traf mit den Rittern seines Gefolges als erster in der sieben Wegstunden entfernten Stadt Antrain ein, dem Orte, wo seit alter Zeit Gericht abgehalten ward. Audret war als Befehlshaber der Wächter in Tintagol zurückgeblieben.

Jedermann wusste alsbald, dass die Königin und ihr Kämmerer des Ehebruches angeklagt waren. Frau Isolde war als Wohltäterin der Armen und als Ärztin der Kranken weit und breit verehrt und gerühmt, und Tristan von Leonnois galt als Retter des Reiches. Und so wehklagte das Volk in den Gassen und auf dem Markte, wie König Marke durch die sich drängende Menge ritt.

Mitleidig murrte so mancher:

Tristan, tapfrer Ritter, dass Ihr durch so schändlichen Verrat in den Tod gehen müsst! Wie hoch wäret Ihr geehrt, als Ihr dem Riesen Morold kühn entgegentratet. Keiner der Ritter von ganz Cornouaille wagte den Kampf wider den schlimmsten Feind des Landes. Ihr allein habt mit ihm gefochten, ihn besiegt und niederge-

streckt. Und heute sollen wir das vergessen und zu-
schauen, wie Ihr den Tod erleidet? Isolde, edle Königin,
herrlichste aller Fürstinnen, verehrt und geliebt von jedermann, durch Euch ward die hundertjährige blutige
Fehde mit dem Erbfeind über dem Meere geendet, indem Ihr König Markes Weib wurdet und ihm Eure Jugend und Schönheit schenktet! Was Ihr auch getan habt,
Ihr bleibt uns wert und teuer! Verfluchter Zwerg, das ist
das Werk deiner Wahrsagerei! Wehe, wehe, dreimal wehe jedem Freien, der Euch begegnet und Euch nicht nie-
derschlägt wie einen tollen Hund!

Also klagten die Besten.

Auf dem Markt aber wurden zwei Scheiterhaufen gebaut für die beiden Verklagten.

Und als die Barone des Landes beisammen waren,
sprach König Marke: Edle Herren, diese Scheiterhaufen
habe ich errichten lassen für Tristan und Isolde, meinen
Neffen und meine Gemahlin die Königin. Sie sind des
Ehebruches überführt, und sie sollen ihre Schuld mit
dem Tode büßen, wie Gesetz und Sitte es erheischt.

Tristans Feinde murmelten Beifall.

Tynas, der Seneschall, trat aus der Reihe.

Mein König und Herr, sprach er in Würde. Fürwahr,
Gesetz und Sitte müssen gehalten werden. Aber eines
erfordern sie zunächst, ein regelrechtes Gericht: Ankla-
ge, Beweis, Verteidigung, Urteil! Ohne Urteil einen Be-
schuldigten töten, ist Unrecht, Schande, Mord, Barbarei.
Also, König Marke, lasset das Gericht walten!

Herrn Markes Zorn und Grimm flammten von Neuem
wild auf.

Keinen Verzug! Es bedarf keines Urteils.

Abermals sprach der Seneschall: Mein König und Herr, gedenket der Dienste und der Treue des Herrn Tristan! Übt Gerechtigkeit und Milde! Im Namen der Ritter, die auf Herkommen und Brauch halten, ich bitte für Tristan, ich bitte für Isolde.

Der König erwiderte in hartem Ton: Ehe die Mittagssonne heute über uns steht, haben beide Sünder ihren Lohn dahin. Gegen meinen hohen Willen hilft keine Bitte. Wer es noch wagt, zuwider zu reden, der geht als erster auf den Holzstoß!

Da wandte sich Tynas unwillig und verächtlich von ihm ab.

König Marke aber befahl, Herrn Tristan aus der Burg Tintagol herbeizuholen.

Unterdessen hatten zwölf Knechte Herrn Tristan aus dem Burgverlies, wo er gefesselt lag, herausgezerrt. Herr Audret, aufgeblasen und anmaßlicher denn je, befehligte die Rotte.

Es war schmählich anzuschauen, wie die Gemeinen den edlen Ritter, die gebundenen Hände auf dem Rücken, die Straße dahintrieben.

Eine Menge Volks folgte dem Haufen.

Zwei Wegstunden vor der Stadt stand wartend Herr Kurwenal. Ohne Audret die geringste Achtung zu schenken, hielt er mit einer Geste des Befehls die Knechte auf, die Herrn Tristan führten, und zerschnitt die Stricke des Gefesselten mit seinem blanken Dolche.

Freunde, rief er den bestürzten Leuten zu, ich will nicht, dass Ihr einen Ritter und Helden in Fesseln führt. Es ist weder Eurer noch seiner würdig. Wenn Herr Tristan Euch entflieht, Ihr tragt ja Schwerter und Lanzen!

Tristan traten die Tränen in die Augen. Kurwenal drückte ihm stumm die Rechte.

In ohnmächtiger Wut schaute Audret dem Vorgange zu.

Er wagte es nicht, Kurwenals Befehl zu widerrufen, denn er zweifelte, ob ihm die Knechte gehorchen würden. Ohne es dazu kommen zu lassen, machte er kurz kehrt, trabte seine Rosinante an und ritt zurück nach Tintagol.

Geliebter Kampfgenosse, sprach Tristan zu dem Getreuen, wie soll ich dir diesen Dienst danken?

Kurwenal erwiderte bedeutsam: Mein edler Freund, betet in der Kapelle, an der Ihr vorüberkommt, zur Madonna, und wenn sie Euch nicht helfen kann, zu den großen Göttern unsrer Väter!

Sodann küsste er den Freund, schwang sich in den Sattel und trabte mit seinem Knechte voraus.

Kurwenal war sich klar, dass es seine ritterliche Pflicht sei, Herrn Tristan vor dem schmählichen Tode zu retten und ihm beizustehen, die Königin dem Scheiterhaufen zu entreißen. Aber wie er dies zuwege bringen könne, das wusste er nicht, so sehr er auch nachgrübelte.

Seufzend beschloss er, den Freund zum Mindesten nicht aus den Augen zu lassen.

Eine Stunde vor der Stadt, auf einem bewaldeten Hügel an der Straße, stand die Kapelle der Heiligen Jungfrau, dicht an den steilen felsigen Abgrund gebaut, in dessen Tiefe der Fluss glänzte. Bei der Kapelle versteckte sich Herr Kurwenal samt seinem Knechte und den beiden Pferden im Gebüsch, um seinen Freund unbemerkt vorbeiziehen zu sehen.

Wie Tristan die Kapelle erblickte, von der er wusste, sie war vom Fluss aus unzugänglich, da kam ihm ein glücklicher Einfall.

Leichthin sagte er zu den Knechten: Ihr wisst, ich gehe meinen letzten Gang. Gestattet mir, in der Kapelle zu beten. Haltet Wacht an der Pforte!

Die Knechte hielten Rat.

Wir können es ihm erlauben, meinte der Älteste. Seht den Abgrund unter den Felsen! Herr Tristan ist uns sicher.

Da ließen sie ihn eintreten.

Herr Tristan verriegelte die Tür, erkletterte behänd das einzige Fenster, das über dem Abgrund war, zerschlug es und schwang sich hindurch.

Lieber den freiwilligen Tod als die Hinrichtung vor versammeltem Volke.

Wunderbar! Wie Herr Tristan den Abhang übersprang, fing sich der Wind in seinem Mantel und trug ihn hinab in den Fluss.

Kurwenal sah aus seinem Versteck im Walde den kühnen Sprung. So rasch er konnte, ritt er mit dem Knechte auf einem Umwege hinab ins waldige Tal.

So fanden sich die Freunde.

Herr Tristan nahm des Knechtes Pferd und empfing von ihm sein Schwert und sein Panzerhemd. Der fürsorgliche Kurwenal hatte ihm beides mitgegeben.

Eilends trabten sie weit seitwärts der Straße dahin, sich eifrig beratend, was nun zu tun sei.

Den Knecht sandten sie zu Fuß aus, er solle sich bemühen, der Königin Kunde von Tristans Befreiung zu geben.

Den Knechten, die vor der Kapelle auf des Gebetes Ende warteten, kam es schließlich wunderlich vor, als mehr denn eine halbe Stunde verrann, ohne dass Herr Tristan wieder erschien. Einer klopfte vernehmlich an die Pforte. Drinnen blieb es stumm und still. Da brachen sie die Tür auf und sahen das zerschlagene Fenster.

Herrn Tristan hatte das Gebet zu Gott errettet.

Verstört kamen die Knechte nach der Stadt.

Als König Marke von der sonderbaren Flucht vernahm, packte ihn großer Zorn. Und er sprach:

Wer mein wahrer Freund ist, mache sich auf und suche den Verräter! Wer ihn mir bringt, den will ich zum reichsten Manne meines Reiches machen.

Etliche der Ritter und Barone brachen auf, den Entflohenen zu suchen, froh, der Königin Feuertod nicht anzuschauen, denn es sehen, dünkte sie wie Billigung.

Der König befahl, Frau Isolden herbeizuführen.

Noch vor der Stadt erfuhr die Königin, die auf ihrem Zelter ritt, da sie sich geweigert hatte, als arme Sünderin zu Fuß zu pilgern, das Geschehene. Audret, der sie bewachte, wagte es nicht zu verhindern.

Als Kurwenals Knecht sich an ihr Roß drängte und ihr zuflüsterte: Euer Herr Tristan hat sich befreit! – da rief sie voller Freude bei sich: Dank Euch, den großen Göttern meiner Heimat! Ihr habt ihn mir gerettet. Ob ich Ärmste gefangen oder frei bin, ob man mich tötet oder mich begnadigt, ob ich fortan in Schmach oder in Glück leben soll: Es kümmert mich nicht mehr, denn der geliebte Mann hat sein Leben und seine Freiheit.

Lächelnd sah sie auf ihre Handgelenke, an denen die Stricke, die sie in der Nacht getragen, blutige Male hinterlassen hatten.

Ich will nicht klagen, nicht weinen, mich mit keinem Wort rechtfertigen. Stolz werde ich den Scheiterhaufen besteigen. Mögen sie mich morden oder wegjagen, höhnisch will ich es hinnehmen. Nachdem der Gott der Sonne mir den Freund aus der Verräter Gewalt errettet, wäre ich meiner Freude nicht wert, wenn ich kleinmütig wäre.

Als die Edlen an der Richtstätte sahen, dass sie frei und froh wie die Königin Helena heranritt, waren sie voll Bewunderung und Herzeleid.

Abermals trat Tynas der Seneschall vor die Andern und sprach: Mein König und Herr, schonet Euer Weib! Ihre Schuld ist nicht bewiesen. Wir haben ihre Rechtfertigung nicht gehört. Ein gerechtes Urteil ist nicht gefällt. Lasset Milde walten! Begnadigt Frau Isolden!

König Marke erwiderte böse missmutige Worte.

Wohlan, Herr Marke, sprach da der Seneschall, tut, was Ihr nicht lassen könnt! Ich habe Euch lange Jahre in Treue und in Ehren gedient. Es ist kein Armer, kein Kranker, kein Hilfloser im Lande, dem ich in meinem mir von Euch verliehenen Amt nicht ein oder viele Male Beistand gewährt. Meiner Königin verbietet Ihr mir die Hilfe. Ich gehe nach meiner Burg Dinan. Wenn Ihr Frau Isolden tötet, werdet Ihr mich nie wieder sehen. Eines noch sage ich Euch und den Herren, die seine Widersacher sind. Herr Tristan lebt, und ihm wird der Allmächtige die Rache in die Hände legen!

Isolde grüßte den edlen Fürsprecher mit freundschaftlicher Gebärde. Der aber bestieg seinen Streithengst und ritt mit seinen Knechten, die Stirn gesenkt, traurigen Sinnes und voll Leid, zum Nordtore der Stadt hinaus.

Auf den Wink des Königs ergriffen rotwamsige Henker die Königin, zerrten sie auf den Holzstoß und banden sie mit der Kette an den Holzpfahl.

Isolde ließ es stumm geschehen.

Aufrecht in ihrem grauen Gewände stand sie da. Loser herab denn sonst fiel ihr das dichte blonde Haar, über dem ein goldenes Netz glänzte. Kaum waren die feinen Goldfäden von den blonden Strähnen zu unterscheiden.

Markes Grimm und Grausamkeit hielten diesem Anblicke nicht stand. Die alte Liebe machte ihn beinahe zum Narren.

Kein Erbarmen! Rief er sich zu und zwang sich daran zu denken, dass dies schöne Weib einem Andern inniger zu eigen war als ihm, dem Ehemann und Gebieter.

Kein Erbarmen mit dieser listenreichen Ehebrecherin!

Durch die Reihe der aufgestellten Knechte drängte das Volk, schaulüstern und mitleidig zugleich. Etliche sanken in die Knie und beteten. Etliche flüsterten miteinander, murmelten erregt, fluchten leise den Verrätern. Der Bretone ist seit Jahrhunderten gewohnt, sich dumpf zu fügen; gegen seinen Fürsten empört er sich am allerwenigsten.

Plötzlich erhob sich Lärm.

Wer kommt da?

Eine Schar Aussätziger, geführt von Iwein, einem unglücklichen Edelmanne, den die schlimme Krankheit vor Jahr und Tag befallen hat. Sie hausen in Holzhütten im Walde vor der Stadt, gemieden von aller Welt.

Voll Abscheu gibt man ihnen Raum.

Auf ihren Krücken, mit ihren Klappern, die stieren Augen blutunterlaufen, eiternde Löcher in den elenden Gesichtern, struppig, verwahrlost, schmutzbedeckt, kaum bekleidet, sehen sie aus wie tierische Ungeheuer, grotesk, grausig, unheimlich, ekelhaft.

Iwein tritt vor Marke.

König Marke, schreit er mit schriller Stimme, wir hören, Euer verliebtes Weib soll sterben, auf den brennenden Dornen. Hah, eine nicht üble Strafe für Leichtsinn und Lotterei. Aber zu kurz, viel zu kurz! Lasst sie doch leiden wie Ihr leidet, langsam, lange, lechzend nach diesem schönen Scheiterhaufen! Ich weiß eine bessere Strafe ...

Und die wäre? Fragt der König, angewidert von dem Anblick der halbblödsinnigen Schar, die unter gemeinen Gebärden vor ihm tanzt und torkelt.

Gebt uns Euer verworfenes Weib! Heult der Unhold. Wir nehmen sie mit in unsre Hütten. Lange haben wir keine Liebste gehabt. Sie soll uns küssen, bis ihr die Zähne aus dem Munde fallen. Wenn sie so aussehen wird wie wir, haben sich ihre Lüste gelegt. Und auf dem Schindanger wird sie verrecken wie wir. Sagt, König, ist das nicht die beste Strafe?

Der böse Geist, der um die Szene kreiste, packte den König.

Er lachte wüst und rief dem Sprecher der Siechen zu:

Bringt Eure Werbung vor! Fragt sie selber!

Isolde brach ihr stolzes Schweigen.

Wahnwitzig seid Ihr, Marke! Sprach sie. Was Ihr mir antun wollt, ist eines Königs unwürdig. Bei allem, was Euch heilig ist, und etwas in der Welt muss es doch geben oder gegeben haben, des zu gedenken Euch barmherzig macht: Gebt mich den Flammen!

Marke hatte nicht den Mut, seine unwahre Rolle von sich zu werfen.

Nehmt sie Euch! Rief er Iwein zu.

Die Aussätzigen stießen wilde Schreie aus. Iwein packte die taumelnde Isolde, der die Henker die Bande lösten, und führte sie an der Hand zum Westtore der Stadt hinaus, den Hütten der Siechen zu. Die Schar der Anderen folgte dem Paare.

Von Ferne sahen Tristan und Kurwenal den Haufen aus dem Tore ziehen. Alsbald eilten sie zur Straße, auf der die Königin, umheult von den grässlichen Kranken, dahinwankte.

Das blanke Schwert in der Rechten, trat Tristan vor I-wein, der die blonde Isolde am linken Handgelenk gepackt hielt.

Lasst die Königin frei! Rief er ihm zu. Oder Ihr habt Euer armseliges Leben verwirkt!

Iwein warf seinen Mantel ab und drohte mit seinem Stocke.

Knüppel heraus! Brüllte er seinen Gefährten zu. Zeigt, dass Ihr noch Männer seid! Haut die Wegelagerer nieder!

Wie er dies schrie, schlug ihm Kurwenal mit dem flachen Schwert den Schädel ein. Schwarzes Blut spritzte hoch auf.

Die Teufel sind ritterlicher Hiebe nicht wert! Meinte Kurwenal lachend und traf nacheinander drei von den ihn Umstürmenden auf die gleiche Weise.

Drei andre erlegte Tristan.

Einer von den sieben entkam.

Der lief zurück in die Stadt.

Als König Marke das Geschehnis vernahm, erstickte er fast vor Zorn, dass ihm seine grausame Rache misslungen war.

Hundert Mark in Gold setzte er aus, dem, der ihm die Entflohenen lebend oder tot brächte. Und über Herrn Tristan ließ er den Landesbann verkünden.

Im Westen der Ebene um Tintagol dehnte sich der bergige Urwald meilenweit. In ihm lief von Norden nach Süden die Grenze der Reiche Cornouaille und Leonnois.

Dahin war das Ziel, das die drei Flüchtlinge in scharfem Ritt erstrebten, Tristan und Kurwenal, mit ihnen Isolde, die sich auf die Kruppe von Tristans Pferd geschwungen hatte.

Zunächst ging es seewärts; und in der ersten Nacht fanden sie Unterkunft in der Burg Dinan. Tynas vermochte vor Freude und Glück kaum zu reden, als er die späten Gäste erkannte. Dass seine verehrte Königin und Tristan der edle Held gerettet waren, dies dünkte den alten Seneschall ein göttlich Wunder. Er hatte nicht mehr daran geglaubt.

Im Morgengraun entließ er sie auf drei guten Rossen, versehen mit dem Notwendigsten an Waffen, Jagdgerät und Nahrung.

Am zweiten Abend erreichten die Reiter die Klause eines Mönches. Das Christentum hatte damals im bretonischen Lande die ersten Wurzeln geschlagen. In der Stadt Dol war ein Kloster erbaut worden. Von dort entsandten die Bischöfe zahlreiche Diener des neuen Glaubens, die sich über die in jenen Zeiten karg bevölkerten Gaue der Bretagne verstreuten und wie Urchristen in Einsiedeleien hausten.

Ugrim hieß der Klausner, der hier im menschenfernen Waldgebirge sein Leben fristete. Er war in den besten Jahren, aber Asket und Eiferer, vor dem nichts Menschliches Gnade fand.

Tristan machte wenig Hehl aus dem, was ihm und Isolden widerfahren war. Er erzählte es dem frommen Manne.

Herr Ritter, rief der Eremit aus, sich dreimal bekreuzend, Gott der Allmächtige helfe Euch! Sonst seid Ihr verloren für diese und für jene Welt. Ihr habt Verrat geübt an Eurem Könige. Seid ein Ehebrecher. Habt zwei Sünder dem Gericht und wohlverdientem Urteil entzogen. Habt Euren Nächsten erschlagen und bietet dem Gesetz weiteren Trotz. Geht in Euch, Herr, tut Buße, gebt die Königin an den zurück, dem sie nach dem römischen Sakrament gehört. Euch selber aber liefert der weltlichen Gerechtigkeit aus, damit Ihr dereinst vor der himmlischen besteht! Anders seid Ihr ein Verdammter in aller Ewigkeit.

Lieber Einsiedler, erwiderte Tristan nach kurzem Nachdenken, was wisst Ihr, wie es hergeht im Herzen eines Ritters, der seiner Väter herrliches Vorbild hochhält und gar manches nicht zu verstehen vermag, was Ihr und Eure Gesellen uns predigen. Wie soll eine Frau nicht dem gehören, der sie mehr liebt als sein Leben? König Marke hat sie den Aussätzigen überantwortet. Damit sagte er sich los von seinem Weibe. Die Aussätzigen habe ich niedergeschlagen. Fortan ist Frau Isolde mein. Ich kann nicht von ihr lassen und sie nicht von mir.

Die blonde Wikingerin hasste alle Mönche, seitdem sie einmal ein Druidenheiligtum gesehen, das die Christen in ihrer Wut zerstört hatten. Drüben in ihrer Heimat gab es noch keinen Abfall von den alten Göttern.

Gebt Euch keine Mühe, sagte sie zu Ugrim. Wir danken Euch für Eure gütige Gastfreundschaft. Morgen sind wir weit weg von Euch. Stolz tragen wir unser beider Schicksal. Komme, was kommen mag!

Spöttisch hörte Kurwenal eine Weile der Glaubensfehde zu. Dann verließ er die enge Stube, um draußen die Pferde zu versorgen.

Wie er wieder hereinkam, sprach er: Jetzt nehmt mein Evangelium! Er brachte ein Krüglein Wein aus dem Sattelsack.

Friedsam plauderten die Vier bei den Bechern. Kurwenal erinnerte die Liebenden an jenen Abend, da sie auf dem Brautschiffe ihren Trunk getan.

Am andern Morgen ward der Ritt durch den Bergwald fortgesetzt. Nach sieben welschen Meilen erreichte man die *Frohe Warte*, ein entlegenes Jagdhaus, bereits im Gebiete von Leonnois und Eigentum Tristans, dicht an der Grenze von König Markes Land.

Hier gedachten Tristan und Isolde, zu bleiben.

Mit Kurwenals Hilfe richteten sie ihr Heim ein, so gut es gehen wollte. Darnach entließen sie den treuen Freund samt den drei Pferden, die ihnen in der Wildnis zu nichts dienen konnten.

Es war eine prächtige Maienmondnacht, als Kurwenal schweren Herzens von den Liebenden schied. Er hatte den Auftrag, sich nach Tristans nicht mehr ferner Burg Kanohel zu begeben und dort an seines Herrn Statt zu schalten und zu walten. Er versprach, in jeder ersten Vollmondnacht, verkleidet als Kaufmann, mit einem stattlichen Reitersack im Jagdhause zu erscheinen. Niemand aber im Lande Leonnois sollte erfahren, dass der Landesherr heimlich zurückgekehrt war.

Die Frohe Warte lag wegabseits tief im Forst, hoch über einem Waldtale, durch das ein munterer Forellenbach floss. Gegen Norden lichtete sich das sanft abfallende grüne Meer der Eichen und Buchen. Dort begann das Gebiet der Wiesen und Sümpfe, das sich der See näherte, deren nächste Bucht in knapp fünf Wegstunden zu erreichen war.

Die Gegend hieß der Wald von Morlaix, genannt nach der Stadt, die an seinem Nordwestende lag.

Noch ehe Kurwenal von dannen ritt, gesellte sich ein andrer Getreuer zu den Einsamen.

Tristan hatte in Tintagol einen schönen Wolfshund aufgezogen, ein kluges gewandtes lebhaftes Tier. Sein Name war Hüsdan. Einen besseren Begleithund besaß kein König in der ganzen Welt.

Weil Herr Marke durch das Geringste, was ihn an Tristan zu erinnern vermochte, in Zorn und Wut geriet, hatten die Leute den Hund in den Zwinger gesperrt. Dort kauerte er im Winkel und nahm keinerlei Futter.

Jeden, der am Käfig vorüberging, ergriff Mitleid mit dem schönen Tiere, das so elend zugrunde ging.

Am siebenten Morgen nach Tristans Flucht kam der letzte der Ritter, die der König auf die Suche nach den Entronnenen ausgesandt hatte, unverrichteter Dinge heim. Der König, dem die Rückkehr vom Burgwart gemeldet war, empfing ihn voller Ungeduld im Hof, um seinen Bericht zu hören. Missmutig schritt er an Hüsdans Kerker vorüber.

Tristans Hund! Fuhr er einen der herumstehenden Knappen an. Soll er mich ewig an den verruchten Verräter mahnen? Zerre den Köter aus dem Loche, schaffe ihn in den Wald und henke ihn dort! Wehe, wenn du meinen Befehl nicht unverweilt vollstreckst. Ich lass dir beide Augen ausstechen!

Der Knappe nahm den Hund aus dem Zwinger und führte ihn an der Leine tief in die Weiße Heide. Das edle Tier folgte ihm willig, denn es witterte die Freiheit. Wie der Knappe nun aber den Hund töten wollte, brachte er es nicht übers Herz. Er wusste, wie Herr Tristan an Hüsdan hing und mit welcher Treue ihm Hüsdan diese Liebe vergalt. Und so ließ er den Wolfshund laufen.

In wilder Freude sprang der Freigewordene an dem Knappen hoch und leckte ihm zum Dank die Hand. Sodann wandte er sich und lief in behaglichem Trabe gen Westen, wo der ferne endlose Forst in seinem matten Blau schimmerte.

Kurwenal, der andern Tags in der grauen Frühe mit Pfeil und Bogen auf die Jagd geritten, hatte just auf einer Halde einen Rehbock erlegt. Er erschrak zu Tode, wie er unversehens Tristans Wolfshund unter überlautem Gebell aus dem Gebüsch stürzen sah.

Markes Jäger sind uns auf der Spur! So durchfuhr es ihn.

Kurwenal packte den Hund, der sich nicht beruhigen wollte, drückte ihn an sich und streichelte ihm den silbergrauen Kopf.

Still, Hüsdan! Sonst sind wir verloren!

Das kluge Tier verstand die Worte.

Der Ritter saß auf, nahm den Hund vor sich in den Sattel, damit er sich weiterhin still verhalte, und ritt nach einem Hügel, von dessen Höhe der einzige Weg in der Gegend, der nach Dinan, weithin zu überblicken war. Eine volle Stunde lag er daselbst auf der Lauer. Erst als er überzeugt war, dass kein Jagdgefolge in der Nähe war, dass sich also der Hund allein auf die Fährte gemacht hatte, um den geliebten Herrn zu finden, jetzt erst empfand er die rechte Freude über den unerwarteten lieben Ankömmling.

Wie er ihn zu Tristan brachte, nahm der Jubel des Wiedersehens auf keiner Seite ein Ende. Nur eines bereitete den Einsiedlern Sorge: Hüsdans ungestümes Gebell.

Ich habe gehört, sagte Isolde, dass man Jagdhunden beibringen kann, keinen Laut zu geben, sei es hinter schweißendem Wild, sei es beim Nahen von Fremden. Es wäre der Mühe wohl wert, deinen Hüsdan so zu gewöhnen.

Ich will es versuchen, erwiderte Tristan, denn ich vermag das treue Tier nicht wieder wegzuschicken.

Es war ein schweres Stück Arbeit, aber es gelang ihm. Nach vier Wochen folgte Hüsdan lautlos der Spur des vom Pfeile getroffenen Wildes; lautlos kam er zu seinem Jäger zurück, und lautlos wusste er ihn an die wohlgemerkte Stelle zu geleiten.

Nichts Schöneres haben Tristan und die blonde Isolde je erlebt als diesen ersten Sommer in ihrem Jagdhause im Walde von Morlaix. Es gebrach ihnen an keinerlei Ding. Ritter Kurwenal schaffte herbei, was sie sich wünschten. Dass sie außer diesem Getreuesten mit niemandem redeten, ward den Einsamen nicht zur Last.

Mit der Sonne erhob sich Tristan. Froh und heiter badete er im kühlen Bache. Er betrieb Waidwerk und Fischerei; er sammelte Beeren und Pilze; er wanderte mit Hüsdan oft bis zum Gestade der See, die er wie jeder Bretone liebte; er schnitzte sich Pfeile, und einmal gelang ihm ein wunderbarer Bogen, den er *Nimmer-Daneben* taufte.

Um Isolden zu belustigen, erfand er abends, ehe er einschlief, herrliche Geschichten, die er ihr andern Tags erzählte. Und in einer seltsamen Kunst brachte er es zur Meisterschaft. Allen Sorten Vögel, die es im großen Forste gab, in den verstecktesten Winkeln und Schluchten, auf der weiten Heide, in den schlickrigen Sümpfen und auf den schwarzen Klippen am Meere, allen lauschte er ihre Lieder ab. Keine Nachtigall schlug herzinniglicher, keine Lerche trillerte übermütiger, kein Star pfiff drolliger, kein Pirol präludierte tiefsinniger als ihr menschlicher Nachahmer. Wenn Frau Isolde hin und wieder ihre launische Stunde hatte, dann ließ der geliebte kindliche Fantast seine Vogelschar musizieren, und die Grillen verflogen ihr.

Dem wonnigen Sommer folgte ein goldiger Herbst. Aber dann kam der schlimme Winter.

In Felle gehüllt, hausten Tristan und Isolde in ihrem Schlösslein, dessen Wände dünn waren wie die einer Hütte und vor Regen und Sturm, Schnee und Frost nur wenig schützten.

An den langen Winterabenden trug Tristan die Lieder vor, die er gelernt oder selber gedichtet hatte, oder er erzählte von den berühmten Liebespaaren der Vorzeit, die gleich ihnen Lust und Leid erlebt, von Pyramos und Thysbe, von Hero und Leander, von Cäsar und Kleopatra, von König Arthur und der schönen Ginevra.

Tristan ertrug des Winters Not mit heiterer Ergebung, aber Frau Isolde sagte sich: Einen zweiten Winter werde ich nicht überleben.

Als der Schnee schmolz geschah es, dass der treue Kurwenal, der sich den Liebenden eine Reihe von Tagen gesellte, um sie der winterlichen Trübsal zu entheben, auf einer Streife durch den Wald an der Grenze von Cornouaille den Lärm einer Meute vernahm. Er legte sich in einen Hinterhalt und wartete der Jäger.

Siehe, es war der Ritter Ganelun von König Markes Hofe, einer der drei, die Herrn Tristan nächst seinem Vetter Audret arg verhasst waren. Ohne Begleiter ritt er heran. Offenbar hatte ihn der Eifer der Jagd von den Gefährten getrennt. Kurwenal zögerte keinen Augenblick. Solch gute Gelegenheit schenken einem die Götter nicht alle Tage!

Von Kurwenals Speer getroffen, sank Ganelun von seinem Pferde.

Mit brechendem Auge erkannte er noch den Feind, der sich frohlockend über ihn beugte. Erbarmungslos ward ihm das Haupt vom Rumpf geschlagen.

Kurwenal nahm es beim Schopfe und brachte es seinem Herrn.

Heil dir! Rief er ihm zu. Von deinen Feinden erfreut sich einer weniger des Lebens! Mögen die andern gar bald dem Schandbuben folgen!

Zur Sommerszeit begab es sich, dass König Marke mit kleinem Gefolge an der Westgrenze seines Reiches des Waidwerks pflog. Einer seiner Hundsmänner namens Orri hatte einen starken Hirsch erspürt. Im Eifer der Verfolgung geriet er hinüber in das Land Leonnois, gerade vor die Frohe Warte. Wie er im Busch stand, um abzuwarten, ob das einsame Haus, das er noch nie gesehen, bewohnt sei, da kamen Tristan und Isolde daher.

Orri erkannte sie und belauerte sie eine Weile. Alsdann machte er sich auf und legte eilends die sechs oder sieben Wegstunden zurück, die er sich von der königlichen Herberge entfernt hatte.

Herr und König, vermeldete er, ein glücklicher Zufall hat mir den Ort verraten, wo Herr Tristan haust.

Und er erzählte, was er erspäht.

Marke, dem sich im Augenblick hundert hastige Pläne boten, befahl dem Hüter, bei Todesstrafe vor jedermann zu schweigen.

Morgen, wenn der Hahn kräht, sagte er zu ihm, sei bereit, mich dorthin zu führen! Hoher Lohn ist dir gewiss.

Die weißen Nebel von der See her flatterten noch über die endlose Heide, als der König und der Hundsmann Orri das Gehöft verließen, in dem die ritterliche Jagdgesellschaft in jenen Tagen ihren Standort hatte.

Wie die zwei an die Frohe Warte kamen, befahl Marke seinem Begleiter, mit den Pferden im Walde zu verbleiben. Er selber schritt durch die hohe Hecke auf das kleine Haus zu. Ringsum brütete Totenstille. Kein Laut verriet, dass der verlassene Ort zwei Menschen barg.

Tristan war in der Morgenfrühe in den Wald jagen gegangen. Müde kam er zurück und begehrte, zu schlafen. Isolde bettete ihn unter der großen Linde im Garten, unweit vom Hause, auf Moos und Heu, und legte sich neben den Geliebten.

Da er jederzeit auf der Hut vor Feinden sein musste, hatte er sein Schwert stets bei sich. Auch an diesem Morgen hatte er es zwischen sich und Isolden gelegt, um es bei der Hand zu haben.

Der blanke Stahl zwischen uns? Scherzte Isolde. Er hütet meine Unschuld zu spät.

Deuten wir das Zeichen anders! Sagte Tristan. Jedes Mal wenn du dich mir schenkst, Geliebte, nehme ich dich, als sei es zum ersten Male. Du bist mir die Ewigkeusche!

Freund, erwiderte sie, dann liegt das Schwert am rechten Platze.

So fand König Marke die Liebenden im Schlafe nebeneinander. Im ersten Augenblick durchraste ihn Grimm und Groll. Ohne zu wissen was er tat oder tun solle, zog er sein Schwert.

Soll ich Tristan wecken und mit ihm auf Tod oder Leben kämpfen? Fragte er sich, und der Puls schlug ihm wild. Schon schwur er zu sich selber: Einer von uns beiden soll den Tag nicht überleben!

Da fiel sein Blick auf die blanke Klinge des Feindes.

Hand in Hand schlummern sie und zwischen sich das nackte Schwert?

Tausend Zweifel durchzuckten ihn. Weggeweht wie die weißen Morgennebel von der mittäglichen braunen Heide war sein Hass, und heiß wie die Sommersonne hoch über den Wipfeln brannte ihm im Herzen die törichte alte Liebe zur schönen Isolde.

Ist es möglich? Fragte er sich. Wen zu täuschen, wäre das Zeichen der Keuschheit ausgelegt?

Keiner wusste bis heute das Versteck der Weltflüchtigen. Niemand kam hierher, und wäre jemand gekommen, in der nächsten Stunde wären diese beiden weitergeflohen.

Lange stand der König da wie gelähmt. Verwunderung, Freude, Hoffnung, Nachsicht, Güte stimmten ihn um.

Es muss Liebe geben, sprach er nachdenklich zu sich, die ich nicht kenne, wie es Herzen gibt, ungleich dem meinen. Allezeit war ich anders als die Andern. Abseits und über den Menschen habe ich gelebt. Umso weniger darf ich, der ich nur mich oder nicht einmal mich selber verstehe, die Art der Anderen missachten.

Behutsam nahm er Tristans Schwert. Die Scharte daran erinnerte ihn an Unvergessbares. Und ebenso behutsam legte er sein eigenes Schwert zwischen die Schlummernden.

Eine Weile noch betrachtete er, ergriffen von Erinnerungen, Isoldens sonnenverbranntes Antlitz. Es war schmäler denn einst, und es dünkte ihn, stilles Leid läge darin.

Der Smaragd im Reif ihrer Rechten sprühte sein grünes Licht im Strahle der Sonne. Wie weit lag die frohe Zeit zurück, da er die schlanke weiße geliebte Hand mit diesem Ringe geschmückt hatte!

Ohne Mühe streifte er ihn der Schlafenden ab; er saß nicht fest. Und er nahm von seiner Hand den Reif, den ihm Isolde am Abend ihrer Ankunft in Tintagol geschenkt hatte. Ein Spruch in Runen war darauf eingegraben, wilde Wikingerworte:

Heiß oder Eis: Drittes nicht weiß!

Diesen Reif ließ er um Isoldens Finger gleiten. Wenige Augenblicke später verhallte der Schlag acht eiliger Hufe.

Isolde erwachte zuerst. Als sie den Runenring an ihrem Finger sah, erschrak sie schier zu Tod. Erregt sprang sie auf und rief:

Liebster, wehe uns! Der König hat uns erspürt. Uns droht Gefahr!

Auffahrend erblickte Tristan Markes Schwert neben sich.

Rasch überdachte er die Lage.

Gewiss war Marke allein hier. Er hat uns entdeckt und holt nun seine Ritter und Reisige, uns festzunehmen und fortzuführen.

Auf, Freundin! Rasch müssen wir fliehn!

Isolde hörte es kaum.

Schau! Sagte sie. König Markes Reif an meiner Hand! Den meinen hat er mir im Schlafe genommen. Sag, was heißt dies Zeichen?

Lang und bedächtig sprachen sie hin und her. Der Tag verflog. Schon rollte der Abend seinen schwarzen Schatten über die Heide. Nicht mehr gedachten die Liebenden der Flucht.

Warum hat König Marke mich nicht gemordet? Fragte Tristan. Ich schlief; er nahm mir mein Schwert; ich war in seiner Gewalt. Und wenn er zu feig gewesen wäre, mich eigenhändig zu erschlagen, wenn er hierzu seine Knechte hätte herbeiholen wollen: Weshalb gab er mir sein Schwert?

Nein, seine Gedanken und sein Wille haben andere Absicht. Waffentausch bedeutet niemals Feindschaft, sondern Friedensschluss. König Marke hat mir verziehn!

Er hat sich der Liebe erinnert, die er mir geschenkt, als ich vor zehn Jahren, noch ein Knabe, an seinen Hof kam. Ihm zu Füßen vergaß ich meine Heimat Leonnois. Für sein Vaterland habe ich mit Morold gekämpft. Für ihn bin ich ausgefahren gen Feindesland. Ihm habe ich Isolde Blondhaar geworben. Ihm habe ich die Sonne in sein finsteres Schloss gebracht. Ach, und ich weiß, ihm habe ich Isolden vom Feuertode errettet; ihm sie von den Aussätzigen befreit.

Dies mir gegebene Schwert zeigt mir seine königliche Großmut. Nun ist es an mir, mich ihm als Königssohn zu erweisen. Noch liebt er Isolden. Er will sie wiedergewinnen. Er packt mich an meiner Ritterehre. Ich soll ihm das Weib, das wir beide lieben, jeder auf seine Art, freiwillig zurückgeben.

Tristan zergrübelte sich das Hirn. Auf allen Wegen seiner Gedanken geriet er immer wieder an diesen fragwürdigen Ausgang.

Er sah, wie Isolde zum hundertsten Male den Runenreif betrachtete.

Sehnte sie sich nach dem Purpurmantel zurück? War sie nicht zur Königin geboren? Zu Prunk und Pracht, Würde und Macht?

Verdarb sie nicht, langsam und leise, hier in der menschenfernen Einöde? Über ein Jahr währte ihr Waldleben in Einsamkeit, Entbehrungen, Gefahr. Hart war der Winter gewesen. Schon wehte wieder kühler Herbstwind über die verblühende Heide.

Ein zweiter Winter wäre der Tod der Liebe oder der Untergang der Einzigen!

Das Herz ward ihm schwer.

Isolde, sprach er, was glaubst du, dass dir des Königs Ring verkünden soll?

Liebster Freund, erwiderte sie, darüber bin ich mir nicht im Zweifel. Marke verzeiht mir wie dir. Auch die Gründe sind mir nicht mehr verborgen.

Tristan fragte: Hat der König eingesehen, dass er dir Unrecht getan hat, als er den Verleumdern sein argwöhnisches Ohr lieh und Verdacht für Beweis nahm?

Isolde lachte auf.

Selbstbetrug, erwiderte sie, ist doch tausendmal süßer als Selbsterkenntnis. Marke schmeichelt sich, dein Schwert habe meine Unschuld gehütet, ihm, dem edelsten Manne seines Landes. Das ist der Quell seiner Großmut. Tor und Narr ist der Mann, der einem Weibe verfallen ist.

Tristan verstand sie nicht. Nun hütet dich also sein Schwert und du bist wieder die Königin? Und ich habe dich verloren? Jetzt im Traum und bald in der Wirklichkeit? Fragte er traurigen Sinnes.

Isolde ergriff die Waffe, warf sie fort und küsste den Geliebten.

Was wohl antwortest du mir, fuhr Tristan fort, wenn ich dich offen und ehrlich frage: Willst du wieder die Königin sein? Es steht in deiner Macht. Sieh, du hattest Markes Smaragd an deinem Finger bewahrt. Hättest ihn ins Meer werfen sollen, wo es am tiefsten ist! Und der König trug deinen Runenspruch. Als du dem Scheiterhaufen entranntest, hätte Marke den Reif in die Flammen werfen müssen. Das wäre Hass, Abkehr, Vergessen gewesen. So aber hat die geheime Macht der beiden Ringe euch von Neuem einander genähert. Horch auf! Der König ruft dich! Die Königin hat zu entscheiden!

Und du? Fragte Isolde.

Vor ihrem inneren Auge schaute sie sich sitzen, das Diadem auf dem Haupte, in der hohen Halle von Tintagol, auf dem goldenen Sessel neben König Markes Thron, inmitten der prunkvollen Edelleute von Cornouaille.

Ich? Wiederholte Tristan. Du weißt doch, Unrast ist mein Los, Kampfgefilde meine Heimat! In jugendlicher Tatenlust habe ich mein Land Leonnois verlassen, um in der weiten Welt Unvergleichliches zu vollbringen. In Tintagol bin ich verblieben, gefesselt von einem blonden Haar. Zerreiße es, Königin, und wir sind beide wieder frei! Ich werde meine Weltfahrt fortsetzen, zur Seite der Gefährten, mit dem ich sie dereinst begonnen. Jedes erfüllt sein Schicksal. Welche wahre Frau der Erde wollte nicht Königin sein, und welcher echte Mann nicht Eroberer eines Märchenreiches an der Welt Ende?

Seine Augen leuchteten in düsterer Begeisterung. Isolde erfasste seine Hände.

Liebster, sprach sie, das Schönste, was ich erlebt habe, was ich erleben konnte und nimmer wieder erleben werde, waren die siebzehn Monate, die mir mit dir in der Verlassenheit hier beschieden waren. Nie werde ich sie vergessen, nie dafür zu danken aufhören. Diese göttliche Zeit ist verronnen. Sie weiterzuspinnen, weigert sich die Vorsehung. Zu ewig friedsamem Dasein bist du nicht geboren. Du sollst die Welt mit deinem Namen erfüllen. Wir wollen kein Alltagsleben führen. Du schenkst mich dem Könige zurück und ich dich der Welt und der Nachwelt.

Als der Tag zur Rüste ging, hatten Tristan und Isolde beschlossen, den Klausner Ugrim aufzusuchen.

Noch bei Dunkelheit brachen sie auf. Sie fanden keine Ruhe mehr. Zum Glück hatten sie zwei Pferde da, die ihnen Kurwenal für die Sommerszeit gebracht hatte. Am Morgen rasteten sie an einer heiligen Quelle, und gegen Mittag erreichten sie Ugrims Klause.

Der Einsiedler saß auf der Schwelle seiner Kapelle und las in einer Handschrift, in Augutins Bekenntnissen.

Wie er die Königin und ihren Begleiter erkannte, rief er ihnen entgegen: Freunde, ist die Erkenntnis über Euch gekommen? Siebzehn Monde harre ich Eurer Wiederkehr. Tut nun Buße und Ihr habt des Himmels Glück gewonnen.

Tristan lächelte und sagte sich: Himmelsglück? Gewonnen und verloren

Als sie dann in der Hütte saßen, fragte er den Klausner: Sagt, ehrwürdiger Vater, wollt Ihr mir einen Brief an König Marke aufsetzen?

Ugrim war gern bereit.

Wohlan! Fuhr Tristan fort. Ich bin willens, Frau Isolden dem Könige zurückzubringen. Darnach werde ich hinaus in die weite Welt ziehen, es sei denn, er duldet mich an seinem Hofe. Ich würde ihm dienen, treu wie dereinst.

Und sie besprachen, was noch im Briefe stehen solle.

Stumm hörte Isolde zu.

Bereut Ihr Eure Liebe zu Herrn Tristan? Fragte sie der Klausner.

Es war mein Los, ihn zu lieben, erwiderte die Königin. Jedermann soll sein Schicksal ehren und achten, sei es, wie es sei. Nie, auch nicht im Geheimsten meiner Gedanken, werde ich je begehren, unter einem andern Stern geboren zu sein. Meines Erdenganges Lust ist groß wie sein Leid. Unsagbar groß! Größe ist Schönheit. Was will ein Mensch mehr? Unsere Liebe kann niemals untergehn. Auch wenn wir beide gestorben sind, wird sie weiterleben, solange es Andre gibt, die sich lieben wie wir uns geliebt. Wie sollte ich Reue empfinden? Was auch die Gründe seien, die uns bewegen, voneinander zu gehn, wir tun es ohne Schwäche, in gegenseitiger Hochachtung, völlig als Herren unsrer selbst, Höherem wegen. Getrennten Leibes bleiben wir in unsern Träumen vereint.

Ugrim schüttelte sein ungeschorenes Haupt.

Merkwürdig, dass Gottes Diener immer nur ihre eigenen Gedanken begreifen!

Der Klausner kritzelte bis um Mitternacht. Als er Pergament und Tinte endlich weggelegt, sank er vor dem Gekreuzigten in die Knie und betete: Gott, Vater und Sohn, wie danke ich Dir aus tiefer Seele, dass Du mir mein armselig Leben gelassen hast, um diese zwei großen Sünder vor der Verdammnis zu retten. Vergönne ihnen Deine unendliche Gnade und schenke ihnen den ewigen Frieden!

Am Morgen las er seinen Beichtkindern den Brief vor. Stumm ward er angehört, und Tristan versiegelte ihn mit dem Runenringe.

Wer soll das Schreiben nach Tintagol tragen? Fragte Ugrim.

Ich will selber zum Könige reiten, erwiderte Tristan.

Der Einsiedler wollte dies nicht zulassen. Er fürchtete, Tristans Feinde könnten ihn erkennen und ihm Übles zufügen.

Ich weiß wohl, Herr Ritter, meinte er, Ihr liebt die Gefahr. Das hat der Satan in Menschen Eurer Art gelegt. Aber es steht hier mehr auf dem Spiel als Euer Waffenruhm. Drum lasst mich gehn! Mich schützt meine Kutte.

Tristan beharrte bei seinem Willen.

Ich reite, erklärte er, und Ihr schützt mir derweil die Königin. Beim Anbruch der Nacht beginne ich meine Fahrt. Und übermorgen in der Frühe sollt Ihr mich wiedersehn.

In der Tat brach Tristan am Abend auf. Bis Tintagol hatte er achtzehn Wegstunden zurückzulegen, über Berg und Tal, zumeist auf schlechtem Weg. Aber es ritt sich prächtig. Es war um die Mitte des Herbstmonats. Die Mondsichel stand fahl über Hain, Hügel und Heide.

Zwei Stunden vor Sonnenaufgang band Tristan sein müdes Roß an eine Esche im Walde, warf ihm den Hafer vor, den er im Sattelsacke hatte, und schlich sich in den Baumgarten von Tintagol.

Unterm Bauernkittel trug er sein Panzerhemd. Bewaffnet war er mit des Königs Schwert, einem Dolch und dem Bogen, der seinem Namen Nimmer-Daneben bisher immer Ehre gemacht hatte.

Lautlos schritt Tristan an der alten Linde vorüber. Im Marmorweiher plätscherte der Wasserstrahl. Das war das einzige Geräusch im stillen Park. Inniglich gedachte Tristan der Geliebten und gemeinsamer Erlebnisse.

Unter dem Fenster von König Markes Schlafgemach stieß er einen Pfiff aus, dessen Dreiklang dem Oheim wohlbekannt war.

In der Tat erschien er am Fenster und öffnete es. Wer ruft mich zu so früher Stunde? Fragte er mit gedämpfter Stimme.

Tristan von Leonnois!

Sei mir willkommen, lieber Neffe! Ich habe dich erwartet.

Ich bringe Euch einen Brief, fuhr Tristan mit leiser Stimme fort. Ich lege ihn hier am Fenstergitter nieder. Darin vernehmt Ihr meinen Vorschlag! Und Eure Antwort lasst morgen Abend an das Rote Kreuz binden! Ihr wisst, welchen Ort ich meine! Wir kamen oft vorbei, ehedem, wenn wir zur frohen Jagd durch die Weiße Heide ritten. Von dort wird Euer Brief mir gebracht.

In banger Sehnsucht wollte der König nach Frau Isolden fragen, doch Tristan war im Dunkel der Bäume wieder verschwunden.

Schmerzesvoll rief Marke ihm nach:

Verweile, Tristan!

Dreimal schrie er den Namen.

Wenige Minuten später war Tristan im Sattel und trabte bewegten Herzens gen Yvignac.

Noch in der Nacht musste Markes Geheimschreiber, der alte Kaplan, Tristans Brief vorlesen, und auf den Mittag setzte der König einen großen feierlichen Rat in der Halle von Tintagol an. Tynas, der Seneschall, Herzog Audret und sieben der klügsten Edelleute wurden durch Eilboten herbeigerufen.

König Marke war der Liebe zu Frau Isolden nicht ledig. Wie ihm Tristans Angebot vorgelesen ward, war er voller Freude, aber er verbarg sie und sprach kein Wort.

Als seine Barone versammelt waren, begrüßte er sie und sprach: Meine edlen Herren, ich habe heute in der Morgenfrühe diesen Brief des Herrn Tristan von Leonnois erhalten. Hört ihn an und gebt Eurem König einen guten Rat! Sagt mir treu und ehrlich, was Ihr über den mir hier gemachten Vorschlag denkt!

Der Geheimschreiber trat vor, rollte das Pergament auf und las mit lauter Stimme:

Tristan von Leonnois entbietet dem König Marke von Cornouaille in Ehrfurcht seinen Gruß!

Ihr erinnert Euch, mein König und Herr, dass Ihr Eure Gemahlin, Frau Isolden, verstoßen und den Aussätzigen überantwortet habt, und Ihr wisst, dass ich die Königin vor grässlichem Verderben bewahrt und in meinen Schutz genommen habe. Ehedem hatte ich sie als Euer königlicher Werber aus ferner Heimat über das Meer in Eure Arme geführt. Aber als sie Euer Weib geworden, haben Feinde und Verräter Euch den Glauben an die Treue der edelsten aller Frauen genommen. In Eurem Zorn habt Ihr Frau Isolden und mich als ihren Freund ohne Urteil zum Feuertode verdammt. Doch Der die Welt lenkt und der Menschen Schicksale, hat uns in wunderbarer Weise befreit. Von hohem Felsen sprang ich hinab, um unversehrten Leibes das Glück zu haben, die Königin zu retten. Seitdem hat der Mond siebenzehnmal gewechselt. Frau Isolde lebt, ist wohlauf und schöner denn je. Mich habt Ihr in Acht und Bann getan. Hundert Mark Gold wolltet Ihr dem geben, der mich Euch brächte, tot oder lebendig. Nach uraltem Brauch gehört Frau Isolde mir, denn Ihr habt sie Iwein geschenkt, und ich habe sie dem Elenden im Streit genommen. Gleichwohl, mein König und Herr, bin ich bereit, Euch die Königin mit ihrem freien Willen zurückzugeben unter der Bedingung, dass Ihr sie mit königlichen Ehren einholt und fortan in königlichen Ehren haltet. Ich aber fordre Eure Barone heraus, in ritterlichem Zweikampf mit mir zu fechten, so es einen unter ihnen gäbe, der sich erkühnt zu sagen, die Liebe und Freundschaft der Königin zu mir, Tristan von Leonnois, gereiche ihr, Euch oder mir zu Schmach und Schande. Ich bitte Euch, gebt dies Euren Edelleuten zu wissen! Auch bin ich bereit, Euch von Neuem zu dienen, und keiner Eurer Vasallen wird Euch bessere Dienste bieten. Gefällt es Euch jedoch nicht, dass ich wiederum in Eurem Lande und an Eurem Hofe weile, so will ich Euch fern bleiben und irgendwo in der Welt einem andern Herrn seine Macht mehren helfen.

Sendet mir Euren Bescheid und lasst Euren Brief an das Rote Kreuz beim Dorfe Yvignac binden. Von dort werde ich ihn mir in der Nacht holen lassen. Falls Ihr meinen Vorschlag annehmt, so werde ich Euch die Königin feierlich zuführen. Bestimmt Ort und Zeit! Lehnt Ihr aber ab, so geleite ich Frau Isolden zurück nach der Grünen Insel.

Hiernach fragte König Marke die anwesenden Edelleute: Was sagt Ihr zu Herrn Tristans Vorschlag? Ist einer unter Euch, der ehrlich mit ihm kämpfen will ? Wollt Ihr Frau Isolden von Neuem als Eurer Königin dienen? Wollt Ihr, dass ich auch Herrn Tristan, meinen Neffen, wieder unter meine Barone aufnehme? Ihr wisst, der Leonnois ist immer und überall der besten Ritter und kühnsten Recken einer!

Audret, Denowal und Godwin schauten einander verstohlen und verlegen an, aber keiner von ihnen trat herzhaft hervor. Beim Namen des tapferen Mannes rutschte ihnen zu aller Zeit der Mut in die unteren Gewänder. Mit Herrn Tristan einen Zweikampf zu wagen, dünkte sie siebenfacher Selbstmord.

Gleichwohl drängte sich Herzog Audret pomphaft vor die Andern.

Königlicher Oheim und Herr, hob er an, nehmt die allverehrte Königin in Gnaden und Ehren wieder auf! Niemand ist unter uns, der die ehemalige Nachrede erwähnenswert erachtet. Holt Frau Isolden feierlich ein! Lang ist es her, dass wir hier bei Hof ein Fest gefeiert. Was jedoch Herrn Tristan, Euern jüngeren Neffen aus dem Lande Leonnois, anbelangt, so habt die hohe Huld, ihm den Kriegsdienst an andern Fürstenhöfen nicht zu verwehren. Er ist ein ehrenwerter Held, dem es gebührt, in aller Welt berühmt zu werden. Wir wollen ihm hierin nicht hinderlich sein.

Nochmals fragte König Marke: Erhebt keiner meiner Barone Klage wider Frau Isoldens oder Herrn Tristans Ehre?

Dreimal fragte er so nach altem Brauch.

Alle schwiegen.

Da wandte sich König Marke an Tynas von Dinan, den Ältesten seiner Räte. Und was sagt Ihr, mein ehrwürdiger Seneschall, zu Herrn Tristans Angebot?

Mein König und Herr, antwortete Tynas, es ist das erste Mal seit meiner hohen Königin Flucht, dass mir mein Gelübde gestattet, wieder vor Eurem Thron zu erscheinen. Euer Bote verkündete mir, es gehe um Frau Isoldens Wiederkehr oder weitere Verbannung. Mit Freuden vernehme ich, dass Ihr nun andern Sinnes seid denn damals, als die Scheiterhaufen rauchten. Gern gebe ich alter Diener Eures Hauses Euch meinen Rat. Setzt die Frau Königin wieder ein in alle Ehren, haltet sie hoch und heilig! Und dankt es Herrn Tristan, einem Ritter ohne Furcht und Tadel, dass er es Euch möglich macht, Eure zornige Tat wieder gutzumachen. Was ihn selbst anbelangt, so enthalte ich mich meiner Meinung. Tut, was Euch Euer Herz befiehlt!

Eine Weile sann Marke nach.

Dann befahl er dem Kaplan: Setzt Euch hin und fertigt ein Breve aus, so rasch Ihr könnt! Ich entbiete Herrn Tristan von Leonnois, meinem lieben Neffen, meinen königlichen Gruß, ebenso Frau Isolden, meiner verehrten Gemahlin. Ich danke Herrn Tristan allergnädigst, dass er die Königin aus Not und Tod gerettet, vor Übel und Gefahr beschirmt und sie mir in Ehren erhalten hat. Ihrer Heimkehr steht nichts im Wege. Am dritten Tage zur Mittagsstunde will ich mich mit stattlichem Gefolge an der Siechenbrücke in der Weißen Heide einstellen und Frau Isolden mit königlichen Ehren zurück nach unserm Schlosse Tintagol führen, wo ich sie hinfort halten will als die Königin und herrlichste Frau meines Reiches. Was auch geschehen sein mag, es ist vergessen und vergeben. Keiner meiner Barone klagt Euch, Herr Tristan, unritterlicher Dinge an. Gleichwohl erachte ich es für recht und richtig, dass Ihr mir und meinem Lande nicht weiter dient. Ihr habt meinen Schutz in meinem Gebiet in diesen drei Tagen. Dann aber geht mit Gott, wohin es Euch beliebt! Eure Tapferkeit wird Euch durch alle Welt berühmt machen.

Damit entließ König Marke seine Räte.

Gegen Abend unterschrieb der König das ausgefertigte Schreiben und befahl dem Kämmerer Paranis, nach

Yvignac zu reiten und den Brief an das Rote Kreuz zu binden.

Der Ritter, der seine Königin nach wie vor über alles liebte, und der in der langen Zeit ihrer Abwesenheit voll Herzeleid um sie gewesen, eilte von dannen. Auf Brangänens Bitte, die vor Freude außer sich war und am liebsten gleich mitgeritten wäre, nahm er, verpackt in ein Leinentuch, Isoldens Purpurmantel mit, dazu einen langen golddurchwirkten weißen Schleier. Nicht wie eine Landstreicherin, die aus Mitleid aufgenommen wird, vielmehr als die mit Fug und Recht wiederkehrende stolze Fürstin sollte die hochverehrte Herrin heimkommen.

Im Augenblick, da die Sonne hinter den grünen Hügeln versank, kam Tristan an das Rote Kreuz und nahm das ihm Hingelegte. Es war uralte Sitte in der Bretagne, dass unbeschütztes Eigentum als heilig galt. Niemand, auch der schäbigste Bettler nicht, hätte des Königs Brief oder den kostbaren Mantel angerührt oder gar gestohlen.

Tristan hatte in der Nähe im Dornbusch gerastet und ungesehen beobachtet, wer des Königs Bescheid brächte. Als er sah, dass Paranis es war, da wusste er, dass keinerlei Hinterlist ihm drohte.

Sorglos und doch sorgenvoll wie nie sonst trabte er dahin. Er hatte nachgeschaut, was wohl im Leinentuche sei. Den Brief aber erbrach er nicht. Die Wahl des Boten und der Purpurmantel sagten ihm genug. Isolde war von Neuem zur Königin erhoben.

Und er selber?

Ach, er brauchte sein Schicksal nicht erst aus den königlichen Worten zu erforschen. Nun bin ich wieder, was ich war: Tristan der Heimatlose!

Halbhell umschimmerte ihn die Septembernacht. Mattblau blinkte der hohe Himmel; zuweilen flackerten die Sterne. Wehmut träumte über der endlosen Heide und Trauer über den stillen Wipfeln des langhingedehnten Waldes, dessen Dunkel ihn alsbald aufnahm.

Stunde um Stunde ritt er weiter.

Blutrot entflammte der Morgen.

Der nächtliche Reiter kam zur Klause. Isolde saß vor der Hütte. Ugrim betete. Ach, alle Frommen der Welt hätten auch nicht das Geringste an dem geändert, was eine grausame Vorsehung beschlossen hatte.

Tristan überließ dem Klausner das nasse Pferd. Wortlos hing er der verlorenen geliebten Frau den Purpurmantel um und küsste sie auf die Stirn. Ich grüße Dich, Königin! Rief er. Heil Dir und wehe mir!

Ugrim kam. Ehrfürchtig, feierlich, gemütlos las er des Königs Brief vor.

Stumm hörte Isolde zu.

Als der Klausner zu Ende war, ergriff sie Tristans Hand und ging mit ihm nach einem lieben Platz im Wald, auf einer Höhe, die wie eine Insel über das Waldmeer ragte. Von dort aus sah man am Horizont gegen Norden ein Stück von der fernen See.

Liebster, morgen scheiden wir von einander, sprach Isolde. Vielleicht ist dies unser letzter glücklicher Tag. Wir wollen uns seiner freuen! Küsse mich!

Tristan küsste die Geliebte und küsste sie immer wieder.

Und am Abend fragte er sie: Sag mir, Liebstes auf Erden, was soll ich dir beim Scheiden geben, auf dass du alle Tage meiner gedenkest?

Isolde seufzte und sagte: Lasse mir Hüsdan! Niemals und nirgends soll es einem Tier bei einem Menschen besser ergangen sein, als es deinem Hunde bei mir ergehen soll. Wenn ich ihn sehe, werde ich mich deiner erinnern, und es wird mir weniger weh um mein Herz sein. Und wenn ich leise deinen lieben Namen rufe, wird mich Hüsdan verstehen. Sieh hier diesen Ring mit dem grünen Stein, rote Tropfen darin! Freund, diesen Jaspisring gebe ich Dir. Trage ihn immerfort, und wenn mir je ein Bote von dir Wichtiges vermelden soll, so werde ich ihm nicht glauben, was er auch sagen mag, bis er mir nicht diesen Ring zeigt. Doch wenn ich den grünen Stein erblicke, dann soll mich keine Macht, kein Gesetz, kein Verbot hindern, zu tun, was du mir zu tun entbietest, sei es gut oder böse, klug oder torhaft!

Freundin, ich schenke dir Hüsdan!

Freund, nehmt den Jaspisring!

Weinend küssten sie einander.

Die Stunde schlug, da Tristan und Isolde zum letzten Male in ihrem Leben Seite an Seite durch Hag und Heide ritten.

König Marke hatte im Reiche verkünden lassen, dass er an dem verabredeten Tage bei der Siechenbrücke die Königin empfangen werde. In allen Dörfern, durch die Tristan und Isolde kamen, eilten die Bauern herbei, die beiden zu sehen, ihn auf seinem Rappen, im schlichten Panzerhemd, die schmucklose Sturmhaube über dem bleichen Haupte, sie auf ihrem Zelter, im Purpurmantel, den golddurchwirkten Schleier über dem blonden Haar. Jedermann im Lande liebte sie, mit Ausnahme von vier Verrätern, die noch immer ihr verruchtes Leben führten.

Von den vieren aber war dem Einen vorbestimmt, dass er durch das Schwert fallen, dem Zweiten, dass er von einem Pfeil ereilt, dem Dritten, dass er an einem hohen Aste verenden, dem Vierten, dass er im Meere ertrinken werde. Die Liebenden sollten sich des Glückes erfreuen, sich an allen ihren Feinden gerächt zu wissen.

Wie sie vom Hang ins Tal hinabritten, sahen sie jenseits der Brücke auf der andern Höhe Markes Gefolge stehen. Es funkelten die Helme und Harnische in der hellen Sonne. Es leuchteten die weißen Zelte, und über ihnen flatterten die bunten Banner des Königs und der Barone.

Angesichts dieses ritterlichen Bildes sprach Tristan: Freundin, dort hält Euer König und Herr im Kreise seiner Ritter und Mannen. Sobald sie uns erkennen, werden sie uns entgegen reiten, um uns an der Brücke zu empfangen. Nicht mehr werden wir liebe Worte wechseln können. In wenigen Augenblicken seid Ihr die Königin und ich ein fremder Höfling. Scheiden wir hier auf dem grünen Feld als Freunde und Menschen! Bei allem, was uns heilig, ich beschwöre dich, die mir Liebste in der Welt, wenn ich jemals eine Botschaft an dich richte, tu, was ich dir entbieten werde!

Tristan, geliebter Freund, erwiderte Isolde, Tränen in den Augen, ich schwöre dir: Wenn ich je den Ring mit dem grünen Stein erblicke, so soll mich keine Macht, kein Gesetz, kein Verbot hindern, zu tun, was du mir zu tun entbietest, sei es gut oder böse, klug oder torhaft!

Isolde, dein und mein Gott mögen dir dies danken! Sprach Tristan, sein Haupt entblößend.

Der Weg durchquerte eine kleine Schlucht. Tristan drängte sein Pferd dicht an Isoldens Zelter, schlang seinen linken Arm um ihren geliebten Leib und küsste sie auf den zuckenden Mund.

Freund, sagte sie voll Betrübnis, wie bangt mir vor den ersten Tagen und Nächten in Tintagol! Bleibe noch drei Tage beim Eremiten. Ich werde den treuen Paranis zu dir senden. Erst wenn du weißt, wie Marke mich hält, in Grimm oder Güte, und wie sich deine Feinde wider mich führen, erst dann verlasse dies Land und beginne deine große Fahrt durch die Welt, dir und mir zur ewigen Ehre!

Wehe dem, der dich zu kränken wagt! Rief Tristan. Tue, wie du gesagt! Schicke Paranis; ich werde ihn erwarten.

Sie näherten sich der Siechenbrücke. Von drüben galoppierte die funkelnde Schar Ritter ihnen entgegen; Tynas, der ehrwürdige Seneschall, vorweg. Sie begrüßten Tristan und Isolden und geleiteten sie an die Zelte. Zu Fuß schritten die beiden vor König Marke. Und Tristan sprach: Mein König und Herr, ich bringe Euch die Königin zurück. Nehmt sie auf in Ehren und haltet sie in Ehren allezeit! Marke dankte in ehrlichen Worten. Wäre er allein mit Tristan gewesen, nicht inmitten der Ritter und Höflinge, so hätte er ihn an sich gedrückt. Nirgends in der Welt gab es einen Mann; den er höher geschätzt hätte als den, der vor ihm stand, um auf immer von ihm zu scheiden. Er war nahe daran, Tristan in feierlicher Form aufzufordern, am Hofe von Cornouaille als Freund, Vasall und Erbe zu verbleiben.

Die Barone sahen und fühlten es, und einer, den der König gern um sich hatte und oft auf ihn hörte, Herr Andree von Nicole, wagte leise Fürbitte. Aber von der andern Seite flüsterte Herzog Audret: Königlicher Oheim, gedenkt der blutigen Sense! Da ließ Marke sein Herz schweigen.

Tristan grüßte die Ritter und Herren, verneigte sich vor dem König, vor der Königin, schritt in edler Würde zu seinem Rappen, saß auf und ritt im Schritt langsam zur Brücke.

Bald war er den Blicken der Barone entschwunden. Isolde aber schaute ihm nicht nach; sie wusste, der Leonnois werde sich nicht umsehen. Bis in die späte Nacht ward der Königin Wiederkehr im Schlosse zu Tintagol gefeiert.

Tristan kehrte nach der Einsiedelei zurück.

Er war entschlossen, sobald ihm Paranis berichtet hatte, nach seiner Burg Kanohel zu reiten und nach kurzem Verweilen daselbst, begleitet vom treuen Kürwenal, die große Fahrt in der Richtung gen Mittag anzutreten. Des Südens Sonne lockte ihn.

Der Kämmerer traf am dritten Tage ein: König Marke ließ es der Wiedergekommenen an nichts fehlen, und Tristans Feinde am Hofe überboten sich an Liebedienerei, war doch der Verhasste vertrieben und die edle Beute ihm für immer entrissen. Überdies sei wiederum einer der Verräter von ehedem aus der Welt geschieden. Melot der Zwerg habe in der letzten Nacht an einem Aste aufgehangen im Baumgarten geendet. Vermutlich habe König Marke es heimlich anbefohlen, veranlasst durch die gelegentliche Äußerung der wiedergekehrten Königin, der Zwerg verleide ihr den ganzen Tag, wenn sie früh ihn sähe. Tristan hatte solche Botschaft erwartet. Der Weg ins Weite lag ihm nun offen, aber der Abschied von dem Lande, das ihm die Gastfreundschaft versagte, fiel ihm unsäglich schwer. Er fühlte sich einsamer denn je.

Was zögerte er noch, sein gegebenes Wort zu erfüllen? Schlaflos lag er die ganze Nacht. Am Morgen sattelte er sein Roß, nahm Abschied vom Klausner und ritt – nach Osten.

Es war in der vierten Nacht, die Isolde wieder neben ihrem Ehegemahl lag. Eben war draußen über den Wipfeln des Baumgartens der Mond aufgegangen. Ein Strahl seines blauen Lichtes drang ins Gemach.

Die Gedanken der schlaflosen Königin waren auf den Flügeln der Sehnsucht in weiter Ferne. Wo mochte Tristan heute weilen?

Ritt er durch sein Heimatland Leonnois? Gedachte er ihrer zu dieser stillen Stunde? Wie sie seiner so inniglich gedachte, da begann im Baumgarten eine Nachtigall ihr Lied. Isolde fuhr auf und horchte atemlos. Wie süß klang des Vogels Klage! Wie eigentümlich geistvoll wiederholte sich wieder und wieder ein bestimmtes Motiv!

Die Lauscherin gedachte des geliebten Freundes noch lebhafter denn zuvor.

Ach, eines Abends, als wir im Walde von Morlaix saßen, auf unserm lieben Hügel, vor uns im Fernen den weißen Saum der See, da sang mir Tristan ein Lied der Nachtigall, wie sie es singt, wenn sie am letzten sonnigen Herbstabend Abschied nimmt von der nordischen Heimat. Er war fröhlich wie ein Kind; ich vergaß alles, was mich bisweilen traurig machte damals in unsrer glückseligen Einsamkeit.

Wo mag Tristan weilen in diesem Augenblicke? Werde ich mich je wieder seiner Fröhlichkeit erfreuen, je wieder seine übermütige Stimme hören, je wieder seine goldenen Augen schauen?

Von Neuem rief das seltsame wehmütige verführerische Motiv.

Mit einem Male wusste Isolde:

Das ist Tristan! Er ist da, um mir das letzte Lebewohl zu sagen. Sie sprang auf.

Und wäre es mein Tod, rief sie sich bebend zu, Du rufst, liebster Freund, ich komme, wo Du auch seiest!

Neben ihrem Lager hing ein Mantel von weißen Schwanenfedern. Ihn tat sie um ihr Hemd. Und leise wie eine Katze verließ sie das eheliche Gemach.

In der Halle, durch die man nach dem Garten ging, hielt sich die Wache auf, die der Reihe nach von den Rittern des Hofes gehalten ward. Der Zufall hatte es gefügt, dass Ritter Denowal, der arglistige und feige Feind des Herrn Tristan, den Dienst in dieser Nacht hatte. Er lag auf der Bank am Kamin und schnarchte laut. Isolde huschte an ihm vorüber, hob den Riegel der Gartenpforte hoch und trat vor an die breite marmorne Freitreppe, von der man den Garten bis zum Brunnen überschaute. Ein paar Augenblicke horchte sie in die stille Nacht.

Urplötzlich verstummte die Nachtigall.

Unter der hohen Linde hob sich eine Männergestalt ab. Ein Panzerhemd blinkte.

Mein Tristan!

Denowal war erwacht. Es war ihm, als habe er die kleine Pforte nach dem Baumgarten knarren gehört.

Verschlafen erhob er sich und ging vor die Tür. Lauernd spähte er aus. Nirgends die geringste Bewegung.

Überzeugt, dass er sich getäuscht habe, schritt er auf das Brunnenbecken zu.

Da vertrat ihm Tristan den Weg, das blanke Schwert in der Rechten.

Steh mir, Verräter! Rief er.

Denowal wandte sich in eiliger Flucht. Er kam nicht weit; in den Rücken getroffen, brach er lautlos zusammen.

Tristan und Isolde sanken sich jubelnd in die Arme.

Freue dich, Freund! Er war dein Feind! Frohlockte die Wikingerin.

Bis der Morgen graute, feierten die beiden, einander umschlungen, unter den Bäumen des Parkes, keiner Gefahr achtend, ihre letzte Liebesnacht.

Das Glück war ihnen hold. Fest schlief der König, tot war der Verräter, keiner im Schloss ahnte Tristans Besuch.

Und als sie Abschied nahmen, war Isolde der Raserei nahe. Immer von Neuem drückte sie den Geliebten an sich.

Leben und Traum war ihr eines.

Als sie dann wieder an der Seite Markes lag, schwanden ihr die Sinne. Tristan übersprang den hohen Pfahlzaun, suchte sein Roß und ritt von dannen, auch er wie in einem Traum von Wunder und Wehmut.

Als man am Morgen Denowals Leiche im Park entdeckte, zweifelte niemand, dass hier einer Schandtat die gerechte Rache gefolgt war, aber an Tristans Schwert dachte keiner.

König Marke nahm die Nachricht ohne Teilnahme hin; nur Herzog Audret beklagte den Verlust des Verräters.

Am selben Vormittag ritt Godwin nach seinem Hof, der in der Weißen Heide lag. Wie er am Dornbusch vorüberkam, sauste ihm ein kräftiger Pfeil durch die Schläfe. Tot entsank er dem Sattel.

Wenige Augenblicke später trabten zwei Reiter querfeldein in Richtung nach den westlichen Wäldern. Sieben Jahre gingen dahin. Tristan und Kurwenal wanderten als fahrende Ritter durch die Welt. Lange verweilten sie in Kordova, in der glanzvollen Hauptstadt der Kalifen. Unerwarteter Wissensdurst hatte die beiden Schwertleute überkommen. Zu Füßen maurischer Gelehrten erweiterte sich ihre Geisteswelt um wunderbare Dinge.

Dann trieb fromme Sehnsucht sie nach der Ewigen Stadt. Aber am Grabe der Scipionen besannen sich ihre Heldengeister. Und so sah man sie in den blutigen Schlachten gegen die wilden Scharen der Ungarn manch kühne Tat vollbringen.

Zwei Leidenschaften nur kennt mein ruhelos Herz, sagte Tristan am Abend nach einem Siege, der seiner Tapferkeit zu verdanken war, zu Kurwenal, zwei Leidenschaften: Ewigwerbende Liebe und den grimmigen Krieg. Ich muss Eroberer sein, sonst ist mir das Leben matt und schal! Stolz pflegte sich Tristan einen Heimatlosen zu nennen. Sein Herzogtum Leonnois war ihm in der Tat gleichgültig, und doch hing sein Herz an der schwermütigen Bretagne; heimlich wohnte es in Tintagol, auch zuweilen in jenem stillen Hause, das den Namen *Frohe Warte* trug.

Das wenigstens wollte er einmal wiedersehen! Und das gab den Anlass, dass die beiden Ritter, nach beschwerlichem Marsch über die Alpen und durch das Frankenreich, an einem grauen Herbsttage im heimatlichen Hafen landeten.

Noch immer lebte Rual der Treue, nun hochbetagt. Unter seiner Statthalterschaft erfreuten sich Land und Leute gedeihlichen Friedens. Etliche Monate blieb Tristan in der Burg Kanohel. Bald aber kam er sich recht unnötig vor, und wie der Schnee schmolz, da machte er sich von Neuem auf. Es hielt ihn nichts im engen Vaterlande. Wiederum war Kurwenal sein einziger Begleiter. Vom Kamme der Arreer Berge führte der Weg hinab in das benachbarte Herzogtum Arund. Diesen ritten Tristan und Kurwenal. Das Land lag in Verwüstung. Die verstreuten Gehöfte starrten in Trümmern, vom Brande geschwärzt. Die Äcker waren unbestellt, die Apfelbäume umgehauen, die Weiden ohne Vieh, die Koppelricks zerstört.

Schon war den Rittern um die nächtliche Unterkunft bange, da sahen sie zur Rechten auf dem höchsten Hügel eine Kapelle, die offenbar unversehrt war, denn hinter ihr kräuselte sich der bläuliche Rauch einer Herdstelle.

Dorthin wandten sie sich und fanden in der Hütte neben dem Kirchlein, das dem Heiligen Michael geweiht war, einen einsamen Mönch, der sich sein kärglich Abendmahl bereitete. Ein Fell diente ihm als Wams.

Tristan bat um Herberge auf die Nacht für sich und seinen Gefährten. Auch verhehlte er nicht, dass sie zwei Tage weder gegessen noch getrunken hatten.

Ihr Herren, sagte der Mönch, ich gebe jedem Gast, was ich habe. Viel ists nicht!

Tristan und Kurwenal dankten ihm redlich. Nach dem Essen saßen sie zu dritt am Herdfeuer. Tristan fragte: Wer hat Euer schönes Land so verwüstet?

Wisst, Ihr Herren, entgegnete der Mönch, dies Land gehört Herrn Howel, dem Könige von Arund. Er steht in unglücklicher Fehde mit dem Grafen Rigol von Nantes. Die Welschen haben alles ausgeraubt und niedergebrannt. Ach, wie war es stattlich und fruchtbar, ehe des Krieges Furien über die Gefilde rasten!

Und wo ist Euer König? Fragte Kurwenal.

In seiner festen Burg Kerahes, berichtete der Mönch, wo ihn der böse Feind seit Wochen und Monden umstellt. Bei ihm ist sein Sohn Kaherdin, ein tapferer Mann, und seine Tochter, die schöne Weißhand, wie sie wohl zu meist genannt wird. Einige brave Edelleute des Landes harren bei ihnen aus und eine kleine Schar treuer Bauern und Knechte. Es sind ihrer nicht mehr viel, und da sie seit Langem keinerlei Zufuhr haben, leiden sie argen Mangel und große Not. Mit den Waffen können sie nichts ausrichten, denn die Belagerer sind in großer Überzahl und voller Kraft und Stärke. Nur der liebe Gott noch vermag sie vor dem Untergange zu retten. Wer weiß, vielleicht ist seine Hilfe nahe?

Tristan ward von Mitleid bewegt.

Wie weit ist es nach Kerahes? Fragte er.

Zehn Wegstunden, vermeldete der Mönch.

Andern Tags in der Frühe empfahlen sich Tristan und Kurwenal unter vielem Dank, nachdem der Mönch ihnen ein Mahl und seinen Segen gegeben. Eifrig ritten sie vom Michelstein gen Morgen.

Vor Abend erblickten sie die Zinnen der Königsburg; auch gewahrten sie das Lager der Feinde im Nordosten der Feste auf einer Waldblöße. Rings um Kerahes standen Feldwachen und starke Posten, zumal an den fünf Zugangswegen.

Als dies gebührlich erkundet war, erwarteten die Ritter die Nacht und schlichen sich im Dunkel unbemerkt durch den Forst vor das Tor der Burg.

Wer da? Fragte droben der Wächter.

Gut Freund! Rief Tristan.

Schon erschien der König auf der Zinne.

Was begehrt Ihr von uns? Fragte er, verwundert über die ihm verdächtigen Ankömmlinge. Ich bin der Herr der Feste.

Da sprach Herr Tristan: König Howel, man sagt uns, dass Euch im Kriege mit einem bösen Nachbar Frau Fortuna wenig gnädig sei. Des ungeachtet sind wir bereit, unter Eurem Banner ritterlich zu kämpfen. Wollt Ihr mich und meinen Kameraden aufnehmen?

Der König gab die Antwort: Euer Angebot erfreut mein Gemüt, aber die große Not, in der wir stehen, gebietet uns, es abzulehnen. Wir sind dem Hungertode nahe. Wir fristen unser armseliges Leben nur noch von Bohnen. Gott erbarme sich unser. Und nun sagt mir, wer seid Ihr, edler Herr?

Tristan gab sich zu erkennen.

Da sagte König Howel: Oftmals habe ich Rühmliches über Euch und Eure Taten vernommen, Herr Tristan von Leonnois, und so bitte ich Euch, die Nacht bei uns zu verweilen.

So ward den Rittern Einlass in die belagerte Burg gewährt.

Nach der Begrüßung Tristans und seines treuen Gefährten durch König Howel und seinen Sohn Kaherdin, geleitete dieser die beiden Ritter durch die Burg. Er zeigte ihnen die Anlage der Feste, die Wurfmaschinen, die kahl gewordenen Werkstätten und die zusammengeschmolzenen Vorräte. Vom Turm aus unterrichtete er sie über die Stellungen und Maßregeln der Belagerer.

Darnach sagte Kaherdin zu Tristan: Nun wollen wir gehen, die Frauen zu begrüßen, meine Mutter Karsie und meine Schwester. Eine edlere und schönere Jungfrau findet Ihr nicht im Lande Arund. Sie ist es wert, das Weib eines wackeren Mannes und Fürsten zu werden.

Wie heißt Eure schöne Schwester? Fragte Tristan.

Isolde! Entgegnete der Königssohn.

Isolde! Wiederholte Tristan. Der Gedanke an die andere Isolde überkam ihn mit der ganzen Macht der Sehnsucht und der Liebe. Und er dachte bei sich:

Isolden verloren, Isolden gefunden!

Aber wie er dann vor ihr stand, fand er nichts Ähnliches zwischen dieser Isolde Weißhand und jener Isolde Blondhaar, von der ihn sein hartes Lebenslos zu seinem endlosen Schmerz auf immerdar getrennt hatte. Schön, wunderschön war auch diese braune Isolde, von königlichem Wuchs, voller Liebreiz und Holdseligkeit. Aber der himmlische Schein, der ihm von der Stirne der Einzigen geleuchtet hatte, strahlte nicht über dem dunklen Scheitel dieser Anderen.

Beim knappen Mahl erzählte Kaherdin von der Fehde mit dem Grafen Rigol von Nantes, von den bisherigen Gefechten und den Bedrängnissen der Belagerung.

Tag um Tag, sagte er zum Schluss, schickt Herr Rigol etliche seiner Ritter vor unsre Burg, uns mit hämischer Rede zu Zweikämpfen herauszufordern. Es ist wahrlich nicht unritterliche Feigheit, wenn wir solches ablehnen.

Wir sind unsrer längst zu wenige. Wir dürfen keinen Mann unnütz verlieren.

Tristan, als umsichtiger und kluger Kenner des Krieges, fragte nach allerlei Umständen.

Herr Kaherdin, scherzte er sodann. Wir sitzen hier bei einer Tafel ohne Fleisch und Wein, und drüben, keine drei Wegstunden von hier, schmausen und schwelgen die Feinde. Ich spüre Lust, ihnen morgen in der Frühe mit meinem lieben Kurwenal einen Besuch abzustatten und ihnen ein paar fette Hammel abzujagen. Was meint Ihr dazu? Wieviel Ritter und Knechte wollt Ihr mir stellen?

Kaherdin redete gegen den kühnen Plan, aber am Ende ward das Vorhaben beraten und vorbereitet. Am andern Morgen rückten Tristan, Kaherdin und Kurwenal samt sieben Rittern, zwölf Knechten und drei Wagen aus, wohlgerüstet und voll Zuversicht. Durch den Tannenwald schlichen sie sich von rückwärts an das Lager des Feindes heran. Unvermutet brachen sie aus der Deckung und überfielen die Wagen und Zelte des Trosses. Es entstand ein leichtes Geplänkel der Ritter mit der Lagerwehr, währenddem die Knechte Vieh und Vorräte erbeuteten und wegfuhren.

Dieser erfolgreiche Handstreich hob den Mut und das Vertrauen der Belagerten beträchtlich.

Andern Tags gegen Mittag erschien der Feind in gewaltiger Stärke auf dem Hügel vor der Burg Kerahes. An den wehenden Bannern erkannten die Belagerten, dass Graf Rigol selber in der Schar war nebst seinen vornehmsten Vasallen.

Durch einen Herold ließ er König Howel zum Zweikampf fordern.

Da bat Herr Tristan den König, ihm zu gestatten, die Herausforderung für ihn anzunehmen.

Herr Howel umarmte den jungen Freund und bat ihn, davon abzustehen; der aber ließ nicht nach mit herzlicher Bitte.

So geschah es, dass König Howels Herold ausritt und Herrn Rigol ansagte, dass Herzog Tristan von Leonnois für seinen Gastfreund und Bundesgenossen den Waffengang annähme.

Rigol, den schon der gestrige verwegene Überfall verwundert hatte, weil er den Belagerten keinen Widerstand mehr zutraute, war bass erstaunt, wie er urplötzlich von einem fremden und so berühmten Herrn im belagerten Kerahes zu hören bekam. Ohne Verzug machte er sich kampffertig und ritt mit einem kleinen erlesenen Gefolge vor König Howels Burg.

Die Begegnung der beiden Kämpfer fand im Vorfelde von Kerahes statt, angesichts der auf den Zinnen der Burg und auf dem ihr gegenüberliegenden Hügel versammelten Heere. König Howel und seine Tochter Isolde schauten vom Torturm herab.

Tristan und Rigol ritten mit den Lanzen gegeneinander an. Und wie der Graf von Nantes aus dem Sattel gehoben war, als hätte er nie darin gesessen, saß auch Tristan ab, und der heiße Kampf ward zu Fuß fortgeführt.

Tristan zerschlug dem Gegner den Schild und versetzte ihm einen wuchtigen Kopfhieb, der die Helmhaube durchdrang.

Rigol sank mit einem Aufschrei zu Boden, und Tristan glaubte schon, dass er nimmer wieder werde aufstehen. Aber er war noch am Leben, und wie ihm der Sieger den Todesstoß versetzen wollte, da sprach er:

Herr Tristan von Leonnois, haltet ein! Ich will Euer Gefangner sein und bei meiner Ehre alles zusagen und ehrlich erfüllen, was Ihr von mir verlangt.

Er reichte ihm sein Schwert und ließ sich in die Halle von Kerahes tragen.

Dort ward der Vertrag zwischen König Howel und dem Grafen von Nantes vor Zeugen beider Parteien erörtert. Rigol sollte geloben, sein Heer ohne Verzug abziehen zu lassen, alles Kriegsgerät, alle Pferde und alle Vorräte auszuliefern, den angerichteten Schaden im Lande Arund voll zu ersetzen und sein Leben lang wider König Howel und sein Volk Krieg nicht zu führen.

Rigol willigte ohne langes Feilschen in alles ein, froh, sein liebes Leben gerettet zu haben. Kurwenal, der den Friedensvertrag zu Urkund brachte, belustigte sich ob der Eile des Besiegten. Nehmt es uns nicht übel, Graf Rigol, meinte er in spöttischer Gelassenheit, wenn wir bitten, es Euch bis zur Anfuhr von Speise und Trank im Turm behaglich zu machen. Unsere braven Knechte und Bauern haben eines fröhlichen Mahles lange entbehrt, und auch wir Ritter werden es wahrlich nicht verachten.

Herr Rigol lachte grimmig und sagte: Mich mag der Teufel holen, wenn ich mir wegen Schinken und Apfelwein Euren Turm von innen anschaue.

Alsbald ließ er das Geforderte eiligst herbeischaffen.

Nach so glücklichem Kriegsende erlaubte es König Howel nicht, dass Herr Tristan und sein Gefährte das Land Arund wieder verließen. So blieben sie in Kerahes und verrichteten beim Aufbau der verbrannten Dörfer und Höfe viel nützliche Dinge.

Kaherdin gewann Herrn Tristan besonders lieb, und da er fürchtete, der tatenlustige Freund werde einmal jählings aufbrechen und auf neue Abenteuer ziehen, da dachte er sich aus, wie dies zu hindern sei, und eines Tages sprach er zu ihm:

Freund, du hast meinen Vater und uns allen den größten Dienst erzeigt und uns zu ewigem Danke verpflichtet. Es ist kein Mann im ganzen Lande, der dir nicht Liebe und Treue geschworen hätte. Du bist der Retter des Volkes. Mein Vater schätzt dich als den weit und breit ersten Helden. Und ich will dir ein guter Bruder sein, solange ich lebe. Bleibe also in Kerahes, um welchen Preis es auch sei! Auch gestehe ich dir, dass ich mir nichts heißer erwünsche als dass du König Howel um die Hand meiner Schwester Isolde bätest.

Habe ich endlich meine Heimat gefunden? Dachte Tristan bei sich, dem die Zuneigung der schönen Isolde von Kerahes längst kein Geheimnis mehr war.

Wüsste ich, erwiderte er, dass dein Vater mir Isolden gäbe, so würde ich ihn darum bitten.

Des war Kaherdin froh, und er sagte es seinem Vater, der die Werbung mit Freuden hörte.

So brachte Isoldens Bruder die Heirat zuwege. Wäre es doch nicht geschehen! Klagt der bretonische Dichter an dieser Stelle. Tristans Liebe war rein wie der Sternenhimmel. Dunkler Nebel kam und trübte seine Klarheit. Ach, diese Finsternis brachte ihm den frühen Tod!

Die Hochzeit ward mit Prunk und Pracht im Schlosse Kerahes abgehalten. Tristan war fröhlich und guter Dinge, aber in der Nacht, als ihn die Freunde in die Kammer der Braut geleiteten und ihm nach altem Brauch beim Sichentkleiden unter allerlei Scherz halfen, da geschah es, dass ihm der enge Ärmel des Rockes den Jaspisring abstreifte, den die blonde Isolde ihm dereinst beim Scheiden gegeben hatte.

Mit hellem Klang fiel er zu Boden und blieb zu Füßen Tristans liegen. Da war es dem Bräutigam, als mahne ihn der Ring an jene Abschiedsstunde, da ihm das Herz so schwer gewesen war und er der Anderen Treue bis in den Tod gelobt hatte.

Im Geiste stand die hohe Gestalt der geliebten Frau vor ihm. Er schaute ihr in die graublauen Augen; er sah das wunderbare Gold ihres Haars; er fühlte den lieben Druck ihrer Hand.

Im Banne der Vision hielt er sich beide Augen zu. Er gedachte der süßen Zeit im Walde von Morlaix.

Wer von uns zweien hat die gelobte ewige Treue gebrochen? fragte er sich tiefbewegt. Isolde, die ich dem König Marke zurückgab, oder Tristan, der eine Andere freit, obwohl ihn niemand in der Welt dazu zwingt? Ich, ich bin der Verräter. Wehe mir!

Mit einem Seufzer legte er sich zur Seite des ihm angetrauten schönen Weibes, das sehnsüchtig seiner Liebkosungen harrte.

Was ist dir, Lieber ? Fragte sie nach einer Weile, indem sie sich ihm anschmiegte.

Isolde, stöhnte Tristan, übermannt von seinem heimlichen Herzeleid, Freundin und liebe Frau, glaube mir, meine Seele ist voller Schwermut. Doch die Zeit, die alles lindert, wird auch mich heilen. Sei gütig und geduldig mit mir!

Während der lange Jahre, da Herr Tristan in Kampf und Abenteuer durch die Welt gezogen war, vernahm Frau Isolde keinerlei Nachricht von ihm. Erst als er beim Herzog Howel Aufnahme gefunden hatte, drang Kunde hierüber zu den Rittern des Königs Marke. Auch erfuhren sie von den Gefahren, die Herr Tristan bestanden, und von den Heldentaten, die er in ferner Herren Ländern vollbracht. Das Herrliche daran verdarb man, und das Grausige entstellte man zu Bösem. Solches ließ man die blonde Isolde von ihrem geliebten Freunde hören. Audret, der in all der Zeit um die Gunst der Frau Isolde vergeblich gebuhlt und gebettelt hatte, hinterbrachte ihr voll Hass und Schadenfreude die verlogenen Meldungen.

Eines Morgens saß Frau Isolde am Fenster in der Halle des Schlosses Tintagol und sang das isländische alte Lied von der Welt Untergang und Wiedergeburt:

> ... Balders Ende naht. Schreiten
> Seh ich sein Schicksal. Bleich
> Blüht am Baum dem Todgeweihten
> Der Mistelzweig ...

Isolde spielte die Rotta zu ihrem Liede, und diese Musik war todtraurig wie ihr Herz. Eine kleine Weile, ehe der Gesang zu Ende war, trat Audret ein.

Königin, sagte er zu Frau Isolden, als sie verstummte und in Sehnsucht und Leid über das weite Land schaute, Euer Lied war schauerlich wie das Lied einer Eule, und, wie Ihr wisst, heißt es im Volksmunde, wenn eine Eule ihre Klage erhebt: Es stirbt Einer! Der Eine bin ich, aus Liebe zu Euch!

Isolde lachte laut auf: Stirb, Audret! Stirb! Eine größere Freude kannst du mir nicht bereiten!

Wer aber weiß, ob nicht ein Andrer stirbt? Warf Audret hin.

Isolde nahm das Wort wieder auf. Wenn ich die Eule bin, sagte sie scharf, dann bist du der Uhu. Wie der Unglücksvogel lässt du dich nur sehen, wenn du Übles zu verkünden hast.

So ist es! Erwiderte Audret. Wollt Ihr meine Unglücksbotschaft hören?

Sagt sie und verschwindet! Entgegnete die Königin.

Ich verdiene Eure Ungnade nicht, Frau Isolde. Umsomehr Euer einstiger Freund Tristan. Er verschmäht Euch. Herzog Howels schöne Tochter hat es ihm angetan mit ihrem rabenschwarzem Haar und ihrer schneeweißen Hand. Die Hochzeitsfeier hättet Ihr sehen sollen. Das war ein Freudenfest ohne Gleichen. Für Euch ist Herr Tristan tot. Darum sang die Eule!

Isoldens empörter Aufschrei verscheuchte den Unglücksboten.

Als sie allein war, weinte sie bitterlich.

Kaherdin und Tristan waren gute Freunde und treue Waffenbrüder geworden. Sie ritten und jagten zusammen, und manches Abenteuer, manche Fehde, manche Gefahr bestanden sie gemeinsam.

Eines Tages ritten König Howel, Kaherdin, Isolde Weißhand, Tristan und einige Herren zur Jagd nach den Schwarzen Bergen. Bruder und Schwester trabten nebeneinander.

Quer über den schmalen Weg starrte eine Wasserlache. Wie Isoldens Zelter darein trat, spritzte das Wasser auf. Hoch in den Rock, zwischen die Schenkel, weit über das Knie kamen die derben Tropfen.

Isolde stieß einen leichten Schrei aus. Dann lachte sie und sagte laut zu sich: Wasser, bist kühner als mein Mann!

Kaherdin hörte die Worte und drang in seine Schwester.

Ich sprach nicht zu deinem Ohr, lieber Bruder, wehrte sie errötend ab. Und ich habe zu viel gesagt.

Aber Kaherdin gab nicht nach, bis ihm die Schwester gestand, dass Herr Tristan ihrer Jungfrauenschaft noch nicht zu nahe gekommen, obgleich sie über ein Jahr schon Mann und Weib waren.

Das zu hören, betrübte Kaherdin sehr, denn er liebte die Schwester wie den Schwager. Unter dumpfen Gedanken ritt er dahin. Und wie dann der Hirsch auf der Strecke lag, da rief er den Freund beiseite und sprach zu ihm:

Schwager Tristan, ich muss, so weh es mir tut, Euch die Freundschaft kündigen.

Erstaunt fragte Tristan: Warum wohl, mein Lieber?

Ich will es Euch sagen, erwiderte Kaherdin, weil Ihr meine Schwester verschmäht und unserm ehrbaren Geschlecht Schmach antut!

Tristan schwieg, traurig und verlegen.

Wollt Ihr Isolden zu Schimpf und Spott verlassen? Fragte Kaherdin, betroffen von Tristans Trübsinn.

Das werde ich Eurer Schwester, die mir lieb und wert ist, und Euerm edlen Hause nimmermehr antun! Bedeutete der Freund. Aber komm! Ich muss dir das Unglück meines Lebens erzählen. Drei Tage ging Kaherdin in tiefem Schmerz mit sich zurate. Tristan hatte ihm ehrlich gebeichtet, dass er der anderen Isolde verfallen war, dass er an namenloser Sehnsucht litt, dass er die Geliebte wieder sehen müsse, und wäre es nur einmal noch, dass er vor Unrast nicht leben und nicht sterben könne.

Er erzählte ihm von der Brautwerbung auf König Hangwins Grünem Eiland, von der Liebesfahrt über das Meer, vom Verrat des bösen Zwerges, von Frau Isolden, wie sie dem Feuertod überliefert war, wie König Marke sie den Aussätzigen preisgegeben, von ihrer Befreiung, von den köstlichen siebzehn Monden im Walde von Morlaix, von Isoldens Rückkehr nach Tintagol, von seinem nächtlichen Abschied in Baumgarten, von seiner großen Fahrt durch die Welt, von allen den Kämpfen und Abenteuern, über denen er die Geliebte doch nicht vergessen mochte, von seinem ehrlichen Bemühen, die braune Isolde lieb zu gewinnen, von seiner Trostlosigkeit und seinem endlosen Leide.

In Verwunderung und Mitleid vernahm Kaherdin des Freundes Schicksale. Nie hatte er Ähnliches gehört, von so gewaltiger Liebe und Leidenschaft, von so viel Himmelslust und Höllenleid.

Sein Grimm floss dahin. Nimmer konnte er einem Manne zürnen, des Herz schier erdrückt ward.

Lange sann er nach, wie er ihm und zugleich der geliebten Schwester am besten helfen könne. Tristan, sprach er endlich voller Hoffnung, höre mich an! Wir wollen heimkehren nach Kerahes und uns alsbald aufmachen nach dem Lande Cornouaille. Dein Verbleiben hier wäre Qual und Pein, ohne Glück weder für Euch noch für meine Schwester. Darum gehen wir zusammen nach Tintagol. Du musst die blonde Isolde wiedersehen, dich überzeugen, ob sie dir wahrlich Treue hält. Vielleicht hat sie dich in den sieben Jahren vergessen, hat ihr Herz einem Andern vergeben, will dich nicht mehr sehen und hören. Geheilt von deiner vergeblichen Sehnsucht kommst du dann wieder zu deiner anderen Isolde und findest Trost bei ihr und einen geruhsamen Feierabend deines ruhlosen Daseins. Auf! Ich begleite dich als Freund und Bruder.

Ergriffen stammelte Tristan: Heißt es nicht in einem alten Liede: Ein ganzer Mann wiegt alles Gold des Landes auf? Ein solcher bist du. Wir wollen deinem Rate folgen.

Wie Pilger gekleidet, die zum Heiligen Grabe wallen, in grauen Kitteln, in Bundschuhen, mit Tasche und Stab, also brachen an einem Maienmorgen Tristan und

Kaherdin auf. Kurwenal, der immer Treue, begleitete seinen Herrn, dazu ein einziger Knappe, beide in Kutten; alle zu Fuß.

Bis Dinan, dem Sitze des alten Seneschalls, waren es fünf Tagereisen.

Tynas empfing seine unerwarteten Gäste voll Herzensfreude. Schon hatte er geglaubt, den lieben jungen Freund nimmer wiederzusehen, und oft schmerzlich seiner gedacht.

Tristans erste Frage war: Was habt Ihr mir von Frau Isolden zu berichten?

Ach, lieber Sohn, entgegnete der Alte, nur Betrübliches!

Sodann erzählte er:

Fürwahr, König Marke hat die Königin alle die Zeit in Ehren gehalten. Soweit es in seiner Macht steht, erfüllt er ihr jeden Wunsch. Er tut alles, um die schöne Frau zu erfreuen und zu belustigen. Es hilft nicht viel. Seit Ihr aus dem Lande seid, verzehrt stilles Leid ihr einsames Herz, und zumal in der letzten Zeit schmachtet sie dahin. Alle Tage sieht man sie in Tränen. Keiner weiß, was ihr fehlt. Weint sie um Euch? Beklagt sie ihr Leben? Reuen sie Dinge, ehedem getan? Keiner weiß es.

Tristan seufzte tief auf.

Und nun kommt Ihr zurück. Wollt wiederum Euer und ihr Leben mit Unruhe und Gefahr füllen. Nein, junger Freund, besinnt Euch rechtzeitig! Lasst davon ab! Habt Mitleid mit der Königin! Wenn sie Euch nimmermehr sieht, wird sie schließlich ihren Frieden finden.

Tristan schüttelte bekümmert sein Haupt.

Väterlicher Freund, begann er von Neuem, ohne Umschweife sage ich Euch: helft Ihr mir, so rettet Ihr mir das Leben; helft Ihr mir nicht, so muss ich sterben. Lieber guter Freund Tynas, so stehts mit mir!

Der Seneschall drückte Tristans Hände.

Sagt, was soll ich für Euch tun!

Tristan erwiderte voller Freude: Freund, bringt es zuwege, dass ich die geliebteste aller Frauen wiedersehe, ein einziges Mal!

Sagt mir zuvor, fragte Tynas, ist es die Wahrheit, dass Frau Isolde Euch die höchste aller Frauen ist?

Die *nunc et semper dilecta*, wie der lateinische Dichter singt, beteuerte Tristan.

Und doch geht das Gerücht, fuhr der Seneschall fort, Ihr wäret König Howels Eidam?

Freund, entgegnete Tristan, es ist nicht anders, und Ihr mögt Euch gewisslich darauf verlassen: Nie habe ich der Einzigerwählten die Treue gebrochen.

Wenn dem so ist, erklärte Tynas, so bin ich bereit, Euch zu helfen, soweit ich es vermag. Hört mich an! Übermorgen begibt sich König Marke mit dem Hofe auf etliche Tage zur großen Jagd in die Weiße Heide nach dem Waldschlosse Yvignac. Ich werde der Königin vermelden, dass Ihr in der Nähe ihrer harret...

Tristan unterbrach ihn ungeduldig.

Wie danke ich Euch, Herr Tynas! Ja, vermeldet dies der Königin und sagt ihr noch Folgendes. An der Straße, die sie reitet, eine halbe Wegstunde vor Yvignac, steht rechterhand ein dichter dornenumwachsener Busch.

Den habe ich erkoren zum Lagerort für mich und meinen Gefährten. Ich werde ein Zweiglein über den Weg legen, worauf die liebe Frau achtgebe. Sie möge Hüsdan bei sich führen. Auch ihn möchte ich wiedersehen, pflege ich doch zu sagen, mein Hund habe es besser als ich.

Ehe Herr Tynas gen Tintagol abritt, vertraute ihm Tristan den Ring mit dem grünen Jaspis an, den ihm einstmals beim Scheiden die blonde Isolde geschenkt.

Tynas fand den König und die Königin beim Schachspiel. Marke lud ihn huldvoll ein, sich zu setzen.

Isolden zur Seite fasste der Seneschall, wie um ihr einen Rat zu erteilen, in die Figuren.

Beim zweiten Male fiel Isoldens Blick auf den Ring. Erbleichend erkannte sie den grünen Stein. Es war ihr unmöglich, weiter zu spielen.

Wie aus Ungeschick stieß sie mit der Hand an das Brett, sodass alle Figuren umfielen.

O weh! Rief sie unwillig. Nun ist das Spiel gestört. Enden wir! Der Herr Seneschall wird mir Neues berichten.

König Marke erhob sich. Er hatte Geschäfte und verließ die Halle.

Seneschall, sagte Isolde, sich nicht mehr beherrschend, Ihr seid der Bote Tristans? Redet, sprecht!

Meine verehrte Königin, so ist es! Bestätigte Tynas. Er weilt in meiner Burg, voller Ungeduld, Euch ein einziges Mal wiederzusehen.

Ist es wahr, fragte Isolde, dass er König Howels Tochter zum Eheweib hat?

Vor Erregung kam ihr das Wort Eheweib kaum über die Lippe.

Man hat die Wahrheit berichtet, Königin, erwiderte Tynas. Doch beteuert mir Tristan, dass er Euch die Treue nicht gebrochen habe. Was er damit meint, darnach mögt Ihr ihn selber fragen. Er habe nicht einen Augenblick aufgehört, Euch über alle Frauen der Welt zu lieben. Mich dünkt, er sagt keine Lüge. Er hat am Leben keine Freude mehr gefunden, seit er Euch nicht mehr Tag für Tag sieht. Die halbe Welt hat er durchkreuzt, an den herrlichsten Orten der Erde verweilt, überall das Schöne suchend und um das Gute kämpfend. Nirgends ward ihm Ruh und Frieden zu Teil. Noch einmal möcht er Euch schauen, noch einmal mit Euch reden, noch einmal Euch seine Verehrung zollen. Ich bringe Euch seinen Gruß und die Mahnung, des Gelübnisses zu gedenken, das Ihr ihm beim Abschied ausgesprochen, als Ihr ihm diesen Jaspisring reichtet.

Die Königin überließ sich eine Weile ihren Gedanken und der Erinnerung. Endlich sagte sie zu Kurwenal:

Als Herr Tristan von mir schied, an der Siechenbrücke, da habe ich zu ihm gesagt: Freund, wenn ich je dies goldne Ringlein mit dem grünen Stein erblicke, so soll mich keine Macht, kein Gesetz, kein Verbot hindern, ohne Verzug zu tun, was du mir zu tun entbietest, sei es gut oder böse, klug oder torhaft! Die Königin Isolde hält ihr Wort. Sagt, Herr Seneschall, wo soll Ich Eurem Schützling begegnen?

Tynas erwiderte: Wie Ihr wisst, Königin, bricht übermorgen der Hof auf nach der Weißen Heide. Ihr hattet nicht Lust mitzugehen. Ändert Euren Entschluss! Im Dornbusch vor dem Jagdschlosse wird Tristan warten, bis Ihr vorüberreitet. Ein Baumzweig über dem Wege wird Euch seine Nähe vermelden. Gebt darauf acht! Macht ihn glücklich, Euren Freund!

Im Herzen glückselig, sagte Isolde nichts als nochmals die Worte: Keine Macht, kein Gesetz, kein Verbot hindert mich zu tun, was mein liebster Freund mir zu tun entbietet!

Strahlend leuchtete die Morgensonne über Wald, Wiesen und Heide. Tristan und Kaherdin lauerten im Dornbusch an der Straße. Sie hatten ihre Pilgerkutten abgetan, hatten Panzerhemden angezogen und Stahlhauben aufgesetzt.

Zwei Wege führten von Tintagol nach Yvignac, die Fahrstraße, die am Saum des Dornbusches vorüberging, und ein kürzerer holpriger Reitweg, der durch den Forst lief. Auf diesem hielten die vier Pferde, behütet von Kurwenal und dem Knappen; beide waren im Waffenkleide wie ihre Herren. An den Sätteln hingen die Schilde; auf dem seinen hatte Tristan in greller Farbe sein Wappen gemalt, den roten Löwen von Leonnois. Das war alter Brauch.

Dicht am Versteck, quer über der Straße, auf der des Königs Jagdzug zu erwarten war, lag, von Tristans Hand hingelegt, ein Haselzweig, eine Geißblattranke darum. Einst, in frohen Tagen, hatte Tristan ein Lied gedichtet und ein Vorspiel dazu gemacht. Isolde hatte große Freude daran gehabt, denn es verherrlichte die Untrennbarkeit der Liebe beider zueinander. An dieses Lied sollten Zweig und Ranke gemahnen.

Drei Stunden vor Mittag erklangen die Trompeten. Bald erschienen die ersten Reiter. Dann kam der König mit seinen Herren geritten. Es folgten die Hundsmänner, die bellende Meute, die Falkner, die Jäger. Darnach, auf zwei weißen Zeltern mit silbernem Zaumzeug, die Königin und Brangäne, Hüsdan hinter ihnen, zuletzt der tückische Herzog Audret (Verdamme ihn Gott! Fügt der alte bretonische Dichter hier ein) mit drei berittenen Edelknaben. Es war ein gar ritterlich Schauspiel.

Frau Isolde trug ein purpurnes Gewand aus Samt und Seide, dazu ein goldverbrämtes Barett. Wie die schöne Reiterin nahe kam, da dünkte es die beiden Ritter im Dornbusch, als leuchte Überirdisches vom Goldreif auf ihrer weißen Stirn.

Als Isolde auf ihrem Wege den Geißblattzweig erspähte, lächelte sie holdselig wie die himmlische Fee im Märchen, und vor sich flüsterte sie die Verse aus des Geliebten Gedicht:

> So stehts um uns:
> Keins findet Ruh,
> Ich nicht fern dir,
> mir fern nicht du!

In diesem Augenblick hob ein Pirol im Dornbusch überfroh an, zu jubilieren.

Isolde parierte ihren Schimmel.

Sie rief Hüsdan; er richtete sich an ihrem Pferd hoch, und sie streichelte ihm zärtlich den Kopf. Lieber Vogel im Walde, rief sie, erfüllt von Glück und Freude, wie schön ist dein Lied! Heut Abend komm in mein Schloss zu mir! Ich will dirs vergelten.

Tristan schwoll das Herz nach so langer Sehnsucht.

Nun aber ist ein traurig Begebnis zu erzählen. Seiner Herrin vorauseilend, um sie im Waldschlosse bewillkommnen zu können, ritt Paramis, ihr Kämmerer, auf dem kürzeren Wege durch den Forst. So traf er auf Kurwenal und den Knappen.

Wie diese den Ritter herantraben sahen, sprangen sie in die Sättel und galoppierten mit den Handpferden quer über die nahe Lichtung.

Paranis aber erkannte den Ritter Kurwenal an seiner Gestalt, und auf dem Schild am Handpferde des Knappen sah er den Löwen von Leonnois. Da glaubte er, der Reiter müsse Herr Tristan selber sein.

Herr Tristan! Rief er, verwundert und doch erfreut, denn er liebte den Freund seiner verehrten Gebieterin.

Nochmals rief er ihn mit lauter Stimme an: Steht, Herr Tristan! Bei Eurer Ritterehre!

Und zum dritten Male: Steht, Herr Tristan, im Namen der Königin Isolde!

Vergebens.

Die beiden Reiter verschwanden im Walde. Nur verloren sie Tristans Schild, wie er beim hastigen Ritt an einen Baumstamm schlug.

Paranis hob ihn auf und verbarg ihn im Schlosse Yvignac.

Es war edler Brauch, dass ein Ehrenmann beim Anruf im Namen seiner Herzliebsten dem Rufer stehen musste. Dass der vermeintliche Ritter Tristan anders gehandelt hatte, bereitete Herrn Paranis große Betrübnis.

Als die Königin im Jagdhause eintraf und er sie in ihr Gemach führte, fügte es sich, dieweil jedermann seine Herberge beschaute, dass er mit ihr allein war.

Königin, sagte er, Herr Tristan weilt im Land! Wie kommt Ihr darauf? Fragte Isolde vorsichtig, um sich nicht zu verraten.

Der Kämmerer fuhr fort: Als ich heute früh durch den Wald dahinritt, standen mir, nahe vor Yvignac, im Rücken des Dornbusches (Ihr kennt ihn gewiss!) zwei fremde Ritter im Wege. Wie sie mich sahen, flohen sie zur Seite. Einer von ihnen war Herr Tristan. Dreimal habe ich ihn ritterlich angerufen, zuletzt im Namen der Königin Isolde. Er stand mir nicht.

Lieber Paranis, entgegnete Isolde, zu Tod erschrocken: Unmöglich war es Herr Tristan! Ihr irrt Euch. Man hat Euch getäuscht. Er flieht niemals. Und bei dem Namen Isolde steht er und sei es dem Tode, der ihn ruft.

Verzeiht mir, Königin! Er verlor den Schild. Ich habe ihn aufgehoben. Der rote Löwe von Leonnois ist darauf gemalt. Seht ihn Euch an, wenn Ihr zweifelt.

Isolde ward bleich. Zorn flammte in ihren ernstgewordenen Augen. Mit herrischer Gebärde entließ sie den Kämmerer.

Er ist mir ein treuer Diener, der niemals lügt, sagte sie sich, und Tränen der Trauer traten ihr in die Augen.

Ich Unglückselige! Rief sie aus. Tristan spottet meiner und hat meinen Namen geschändet. Hätte er ehedem bei seinem Klange nicht dem stärksten Feinde mit Freuden gestanden ? Wehe mir, mein bester Freund hat mich verraten! Er treibt ein böses Spiel mit mir. Und warum? Um zu Haus der Anderen, der rabenschwarzen Isolde, zu berichten: Isolde die Blonde weint über ihren entehrten Namen ... Aus meinen Augen, aus meinem Sinne, Verräter, trage deine eigene Schande heim!

Sie rief nach dem Kämmerer.

Paranis, sprach sie, eisernen Klang in ihrer gebieterischen Stimme, nehmt Euer Pferd und sucht, bis Ihr Herrn Tristan findet! Er wird im Dornbusch liegen. Sage ihm ohne meinen Gruß, er möge sich nicht erkühnen, sich mir zu nähern. Ich würde ihn mit Schimpf und Schande von dannen jagen durch meine niedrigsten Knechte.

Es reute den Kämmerer, der Ursacher solcher Abweisung zu sein. Von Schmerz erfüllt ritt er auf die Suche. Er fand Tristan und Kaherdin im Dornbusch, wie sie in froher Laune an einem Feuer ihr schlichtes Mahl verzehrten.

Paranis richtete seine schlimme Botschaft aus. Was sagt Ihr mir da? Rief Tristan erschrocken und ergrimmt aus. Ich? Ich hätte Euch nicht gestanden beim Namen der Dame, die mir mehr wert ist als mein Leben? Ihr lügt oder habt Euch selber betrogen! Wir rasten hier seit dem frühen Morgen. Und seht Ihr nicht, dass wir keine Pferde bei uns haben? Sie stehen auf dem andern Wege, der durch den Wald nach Yvignac führt. Wartet hier! Die

Gefährten, die uns die Pferde bringen, müssen jeden Augenblick hier erscheinen.

Alsbald kam Kurwenal und meldete den Verlust von Tristans Schild.

Da erkannte der Kämmerer seinen argen Irrtum und beklagte heftig das Unheil, das er angestiftet hatte, ohne Böses zu wollen. Er vermochte sich nicht zu beruhigen.

Tristan tröstete ihn.

Freund, sagte er voll Zuversicht, eile zu deiner Herrin. Überbringe ihr meinen Gruß! Niemals habe ich ihr die geringste Unehre gemacht, nicht in Taten, nicht in Worten, nicht in Gedanken. Sie ist mir über allen Frauen lieb und wert. Das sage ihr! Sie möge mir in Gunst und Gnade ihren Willen kundgeben. Ich warte hier ihres Bescheides.

Paranis eilte zur Königin zurück und berichtete ihr, was er gesehen und gehört. Doch sie schenkte ihm keinen Glauben.

Paranis, sagte sie in unerschütterlichem Hochmut, Ihr wart von Kindheit auf mein Vertrauter und Getreuer, in meiner Heimat dereinst wie hier. Ihr meint es ehrlich mit mir, und Euer Bericht ist ohne Arglist und ohne Lüge. Aber Tristan, ein Zauberer über Hirn und Herz, hat Euch betört. Und so seid Ihr Mitschuldiger am höchsten Verrat, den ein Mann begehen kann. Geht! Ich bedarf Eures Dienstes nicht mehr. Geht!

Paranis sank in seine Kniee. Er verstand nicht, was mit ihm geschehen. Hohe Herrin, sagte er zerknirscht, harte Worte sagt Ihr mir. Und nie in meinem Leben hat mich so starkes Leid ergriffen. Nicht meinetwegen. Ich diene

Euch in Gnaden wie in Ungnaden mit gleicher Treue. Euretwegen! Ihr tut einem edlen Ritter bitteres Unrecht zu Eurem eigenen Unglücke.

Isolde würdigte ihn keines weiteren Wortes.

Bis in die Nacht wartete Tristan auf des Kämmerers Wiederkehr. Vergebens. Er kam nicht.

Gegen Morgen irrte er um das Schloss. Vergebens. Verstört suchte er seine Gefährten auf.

Ein Aussätziger kam des Weges. Tristan nahm ihn mit sich und tauschte sich dessen zerlumpten Mantel und seine Klapper ein. Dann bestrich er sich mit dem Saft von roten Beeren und Nussschalen das Gesicht, bis er schier aussah wie ein Aussätziger.

Auf einen rohen Stock gestützt, betrat er den Hof des Jagdhauses.

Gegen Mittag kam die Königin aus dem Schlosse. Brangäne war bei ihr. Diener, Bereiter und Knechte nahmen ihre Befehle entgegen.

Bettelnd nahte Tristan.

Königin, habt Erbarmen mit mir! Bat er mit verstellter Stimme.

Er war ein schlechter Komödiant. Seine Herrengestalt, seine machtvolle Gesundheit, sein ritterlich Wesen vermochte er nicht zu verbergen.

Isolde erkannte ihn sofort. Im Moment zitterte sie am ganzen Leibe. Des geliebten Mannes jedwede Verkleidung durchstrahlende Schönheit drohte ihr die Sinne zu verführen. Aber sie raffte ihre verrinnende Kraft zusammen, sah starr ins Leere und befahl den Dienern:

Jagt den erbärmlichen Gesellen aus dem Hof! Man packte den Bettler und stieß ihn mit Fäusten und Stöcken.

Königin, rief er, was tut Ihr mir an?

Isolde lachte grell auf, warf ihm einen blinden Blick der Verachtung zu und wandte sich hochmütig ab.

Tristan starrte ihr ein paar Augenblicke fassungslos nach. Rasch aber ermannte er sich und schritt hoch aufgereckt durch das Tor ins Freie.

Isolde brach in der Halle des Hauses zusammen. Brangäne fing die Ohnmächtige auf und trug sie in ihr Gemach.

Am Abend nahm Herr Tristan Abschied von Tynas und verließ die Burg.

Das Schiff eines Kaufmannes, das just auslief, nahm ihn und seine drei Gefährten an Bord.

Isoldens Hochmut schwand, wie ihr Tynas von Tristans edlem Schmerze berichtete. Zu spät erkannte sie den Wahn, der sie verblendet hatte.

Beschämt bat sie Paranis um Verzeihung, die dieser wortelos abwehrte.

Verlorener liebster Freund, klagte die Unglückliche, warum habe ich meinem treuen Kämmerer nicht geglaubt? Grausam und ungerecht habe ich dich verstoßen. Groll und Grimm entfremden dich mir, bis der Hass mein Bild aus deiner Seele reißt. Tristan, nie werde ich dich wiedersehen. Nie wirst du meine ewige Reue erfahren.

Zur Buße für ihre Torheit und Herzlosigkeit legte sich Isolde die Pflicht auf, fortan ein härenes Hemd auf dem Leibe zu tragen. Das feine linnene darüber glich dem trügerischen Lächeln um ihren trotzigen Mund, der keinen Mann mehr zu küssen sich verschwor.

Während der fünftägigen Fahrt sprach Tristan kein Wort. Er nahm weder Speise noch Trank. Versonnen saß er am Bug des Langschiffes und schaute in die grauen Wogen. Die große Enttäuschung, die einmal im Leben jeden Mann niederwirft, der das Fangnetz seiner kühnen Fantasie Überirdischem zuwirft, verbrannte ihm die göttliche Jugend. Als er im Hafen von Douarnenez ans Land stieg, trug der Achtunddreißigjährige silberne Strähnen über den Schläfen.

Dann, auf dem Wege nach Kerahes, hatte er Sprache, Stolz und Weltmannstum wieder. Auf den Lippen einen losen Scherz, dessen innere Wehmut niemand heraushörte, ritt er wie ein heimkehrender Sieger ein in König Howels Burg.

Kaherdin erklärte seinem Vater: Unser Freund Tristan hat kein Wort wider die Wahrheit geredet. Alles war, wie er gesagt. Ach, sein Schicksal ist hundertfältig schwerer als ich gedacht. Gott bewahre jeden braven Mann und jede liebe Frau vor Gleichem!

Wie zuvor waren Kaherdin und Tristan treue Gefährten und Isolde Weißhand fortan rechtschaffen Tristans eheliches Weib. In Eintracht und Freundlichkeit lebten sie dahin. Tatenlos aber zu leben wäre wider Tristans Art gewesen. Das ward sein Verhängnis.

Gegen Südwesten von Kerahes saß auf seiner Burg Gamaroch der Graf Bedenis. Das war ein schlimmer Kumpan, ohne Unterlass verstrickt in Händel und Abenteuer, sodass kein Ritter noch Bauer viel mit ihm zu tun haben mochte.

Rasch nacheinander waren die sechs Frauen gestorben, die seine Gemahlinnen gewesen, und man munkelte im Lande, er habe sie aus Eifersucht umgebracht. Nur, weil ihm niemand seine zumeist nicht gerade bescheiden vorgebrachten Wünsche abzuschlagen wagte, um nicht seiner bösen Feindschaft zu verfallen, war es ihm geglückt, eine siebente Jungfrau gegen ihren Willen als sein Weib heimzuführen, die schöne Gariole, die Tochter eines arundischen Edelmannes. Sie war die Gespielin des Herzogs Kaherdin gewesen; aber soviel er darum hätte geben wollen, zu seinem Herzeleid vermochte er ihr Missgeschick nicht abzuwenden.

Seit der Hochzeit lebte Gariole wie eine Gefangene, denn Herr Bedenis war gewaltig argwöhnisch und des jungen Fürsten alte Liebe blieb ihm nicht unbekannt. Mit List und Tücke wusste er es einzurichten, dass sich die beiden nicht wieder sahen. Heimlichen Gedanken freilich konnte er den Weg nicht verlegen, und so blieben sich Kaherdin und Gariole lieb und treu, als wären sie alle Tage beisammen. Beim Abschied hatte ihm die Unglückliche gelobt, wenn je sie sich wieder begegneten, ihm die zärtlichste Minne zu gewähren.

Die Mauern von Gamaroch waren etliche Ellen höher denn die jeder andern Burg und der Graben einige Klaftern tiefer und breiter denn sonst wo einer. Auch trug der Graf den Schlüssel zum Tor immer bei sich und war stets selber der Pförtner. Alle seine Knechte waren ergraute Krieger, und keinem Fremden männlichen Geschlechts ward je Einlass gewährt. Die Zugbrücke, die selten herabging, durften nur Frauen und Jungfrauen überschreiten. Zog Herr Bedienst auf Jagd oder Fehde, so blieb die Burg fest verschlossen, und der mitgenommene Schlüssel kam nicht aus seiner Tasche. Also war der Gräfin Leben elender als das einer eingesperrten armen Sünderin.

Eines Tages, da Kaherdin hatte auskundschaften lassen, dass Bedenis mit allen seinen Leuten zur Eberjagd geritten war, machte er sich auf, trabte in die Nähe von Gamaroch, verbarg sein Pferd und schlich sich an den Burggraben.

Wie immer, wenn sie allein war, hatte sich Gariole in ihr Gärtlein begeben, das am inneren Wall zwischen Tor und Turm lag. Nur ihre getreue Kammerzofe war bei ihr.

Kaherdin sah die beiden Frauen lustwandeln und gab der Geliebten ein Zeichen. Gariole bemerkte es und erkannte den Herzliebsten. Nachdem sie die Dienerin weggeschickt, damit sie Wache halte, unterredeten sich Kaherdin und Gariole eine gute Weile, ohne dass es wer gewahr ward. In ihrer Freude, dass sie den heiß Ersehnten wiedersah, rief ihm Gariole gar liebe Worte zu, und Kaherdin dankte es ihr mit dem Schwur ewiger Treue. Zu Ende gemahnte er sie an ihr Gelübde ehedem beim Abschied. Da sagte Gariole: Herr Kaherdin, Ihr wart und seid mir lieb und wert, das leugne ich nicht. Wenn Ihr je zu mir kommt, will ich Euch gern alles gewähren. Ich denke auch allezeit nach, wie dies am besten geschehen könne. Doch Ihr wisst und seht, wie es um mich steht, dass ich eingeschlossen und arg behütet bin. Zeigt mir einen Weg, wie Ihr zu mir dringen wollt! So hart mich mein Mann in der Hut hat, so stark ist mein Wille und Mut. Es steht bei Euch, zu mir zu kommen!

Kaherdin sann Tag und Nacht nach, wie er zu seiner liebsten Frau gelangen möchte, doch er fand den rechten Weg nicht. Da vertraute er sich seinem Schwager Tristan an und bat ihn um Rat und Hilfe.

Herr Tristan, der die Herzensnot Liebender besser kannte denn je einer auf Erden, und der einen Beruf darin sah, jedem beizustehen, der sich aus Liebe in Leid befand, ließ sich alle Umstände genau berichten. Dann sagte er: Mich dünkt nichts besser denn, dass du die Herzliebste bittest, dass sie den Schlüssel zum Tor in Wachs abdrücke und dir das Wachs über den Graben werfe. Darnach lässt du dir einen Schlüssel machen, und du vermagst in die Burg zu kommen, so oft das Glück es dir fügt.

Kaherdin freute sich ob dieses Rates, und es gelang ihm, abermals mit Gariole über den Graben zu reden. Er schlug ihr vor, was der Freund ausgedacht, und solches gefiel ihr wie ihrer Vertrauten. Kaherdin solle sich das Wachs in drei Tagen holen.

Als er wiederkam, lag das Wachs da. Die beiden Frauen hatten es ihm über den Graben geworfen. Froh ritt er heim; aber als er sein Heil bei den Schmieden versuchte, die ihm bekannt waren, wollte sich keiner zu dem Geschäft hergeben. Kaherdin war arg betrübt. Was nutzte ihm nun der gute Rat und der Wachsabdruck?

Wiederum wandte er sich an seinen Schwager. Da sprach Herr Tristan: Ich habe einen Schmied in der Stadt Kehares, namens Gudri; er ist mir aus Kanohel gefolgt und mir zugetan. Der wird es meinetwillen tun.

Gudri ward geholt. Tristan redete mit ihm, ohne dass es wer hörte, zeigte ihm das Wachs und bat ihn, ihm darnach einen Schlüssel zu machen.

Der Schmied lachte und sprach: Herr Herzog, wollt Ihr stehlen? Ich bin ein ehrlicher Handwerker und kann Euch hier nicht helfen. Nehmt es mir nicht übel; ich mache den Schlüssel nicht. Tristan erwiderte ihm: Frage nicht darnach, was ich wohl vorhabe! Du weißt, nach unrecht Geld und Gut trachte ich mein Leben lang nicht. Mache mir den Schlüssel gut und recht, und es soll Dein Schaden nicht sein!

Da unterstand sich der Schmied, es zu tun. Kaherdin aber ward wieder froh und voller Zuversicht.

Und als er den Schlüssel mit vielem Dank empfangen hatte, kundschaftete er abermals den Tag aus, da der Graf mit seinen Leuten auf die Jagd ritt.

Er bat Tristan, ihn auf seinem Abenteuer zu begleiten, und so ritten sie, dazu ein Knecht, auf den Verlass war, gen Gamaroch.

Unweit der Burg ließen sie die Pferde mit dem Manne im Walde und begaben sich beide an das Tor. Kaherdin schloss es mit seinem Schlüssel auf. Aber das Unglück fügte es, dass ihm der Wind den Hut vom Haupte riss und in den Graben warf. Es war eine rote Rose als Zeichen seines Glückes daran gesteckt.

Gariole empfing den geliebten Mann voller Freude; aber lange durfte er nicht verweilen. Darum nahm sie Herrn Kaherdin sogleich in ihre Kemenate, wo sich die Liebenden nach Herzenslust nahmen und gaben, was sie in so langer Sehnsucht entbehrt hatten.

Indem saß Herr Tristan bei der Kammerfrau in der Halle. Zur Kurzweil schoss er mit seinem Bogen Bolzen in die Wand. Das verstand er wie kein anderer. Immer traf er die nämliche Stelle.

Als die Stunde des Abschieds gekommen war, allzu bald für die heimlichen Liebesleute, aber Vorsicht und Klugheit mahnten zum Aufbruch, da verließen die Gefährten die Burg, verschlossen das Tor sorglich und machten sich auf die Heimfahrt.

Den Bolzen aus der Wand zu ziehen, das vergaß Herr Tristan.

Wie sie gemächlich dahintrabten, froh über das gute Gelingen ihres Abenteuers, sprang ein Reh vor ihnen über den Weg. Ohne sich zu bedenken, setzten sie dem flüchtigen Tiere nach; den Knecht ließen sie am Ort warten.

Die Jagd, die sie da begannen, war ein unselig Ding; sonst hätten sie nicht so lange in der Gegend verweilt. Da sie aber das Reh nicht sogleich ereilten, jagten sie ihm regelrecht nach.

Derweil war Herr Bedenis nach seiner Burg zurückgekommen. Wie er über die Brücke ritt, erspähte sein allezeit argwöhnischer Blick tief unten im Graben den Hut mit der roten Rose. Des verwunderte er sich. Und als er durch die Halle ging, da bemerkte er den Bolzen in der Wand. Er wusste auch sofort, wes Liebhaberei dies war.

In Hass und Zorn begab er sich nach dem Frauengemach.

Gariole, rief er mit grimmiger Stimme, während ich auf der Jagd war, hast du Herrn Kaherdin empfangen und seinen Spießgesellen, Herrn Tristan! Ist es an dem? Sprich!

Drohend zog er seinen scharfen Hirschfänger. Ohne zu warten, bis sich Gariole vom ersten Schreck erholte, fuhr er in seiner Wut fort: Gestehe die Wahrheit oder, bei meiner Ehre, du bist des Todes!

Die Ungetreue verlor ihren Mut und bekannte, dass Kaherdin und Tristan in der Burg gewesen waren.

Und was hatte Kaherdin bei dir zu suchen? Forschte der Eifersüchtige weiter.

Er ist zufällig vorüber gekommen, und da er mir Freund seit meiner Jugend ist, habe ich ihn begrüßt.

Er hat dich geküsst? Fragte Bedenis.

Gariole gab es zu.

Es ist mehr geschehen! Schrie der Graf.

Mehr ist nicht geschehen! Beteuerte sie.

Du lügst, Gariole; ich sehe es an deinen falschen Augen. Und darum musst du sterben noch in dieser Stunde!

Weinend gestand sie da alles, was sich zugetragen.

Bedenis fragte weiter: Und wie sind diese verruchten Räuber in meine Burg gedrungen?

Ich weiß es nicht, erwiderte Gariole, die kaum noch atmete.

Der Graf sperrte sein unglückliches Weib ein und rief sieben seiner stärksten Leute. Er befahl ihnen, sich mit Helm, Schild, Schwert und Lanze zu rüsten. Mit ihnen eilte er den beiden Rittern nach. Ach, nimmermehr wären sie eingeholt worden, wenn der unselige Zufall nicht die Hand ins Spiel gesteckt hätte.

Als sie an die Stelle kamen, wo der Knecht wartete, ergriffen sie ihn und forschten ihn aus. Arglos berichtete er, wer seine Herren wären, wie sie einem Reh nachgesetzt seien, und dass er ihrer warte. Da schlugen sie ihn mit den Lanzenschäften, bis er zusammenbrach, und legten sich in einen Hinterhalt.

Es währte nicht gar lange, da erschienen Tristan und Kaherdin, ohne das Reh erjagt zu haben, ihre lahmen Pferde am Zügel, selber müd und matt, und suchten den Knecht.

Wie Bedenis seines Nebenbuhlers ansichtig ward, stürzte er sich wie rasend auf ihn. Drei seiner Knechte halfen ihm; die vier andern bedrängten Herrn Tristan. So war es verabredet.

Der überraschte Kaherdin wehrte sich, so gut er konnte. Man stach ihn nieder. Auch Tristan kämpfte mannhaft. Er hatte sein Schwert gezogen und überwältigte drei der Angreifer. Wie er dem vierten den Todesstoß verabreichte, kam Bedenis von hinten heran und trieb ihm den Speer in die linke Schulter.

Wie ein verwundeter Löwe wandte sich Tristan um, riss den Speer aus der blutenden Wunde und rannte ihn mit wildem Schlachtenrufe dem Feinde in die Rippen. Dann sank er hin und verlor die Besinnung.

Als er wieder erwachte, sah er sich in den Armen von Kaherdins Knecht, der sich wieder erholt hatte. Tristan hatte große Schmerzen. Er wusste, dass er eine Todeswunde empfangen, denn der Speer war vergiftet.

Nachdem der Knecht ihm das Blut gestillt und ihn notdürftig verbunden hatte, raffte er sich auf. Sie hoben den Toten in den Sattel seines Pferdes und führten es nach dem nächsten Gehöft. Am Abend holten König Howels Ritter den Toten und den Todkranken ein und geleiteten sie mit ritterlichen Ehren nach Kerahes. Wer dem feierlichen Zuge begegnete, entblößte trauernd sein Haupt.

Mit Prunk und Pracht ward Herzog Kaherdin in der Gruft seiner Väter beigesetzt.

Länger denn ein Jahr lag Herr Tristan an seiner schlimmen Wunde darnieder. Wie er endlich wieder reiten mochte, begab er sich eines Tages auf die Beize, begleitet von Kurwenal. Sie nahmen den Weg gen Osten nach den waldigen Bergen, von deren Höhe man einblickt in das weite Land von Cornouaille.

An eine hohe Fichte gelehnt stand Tristan eine lange Weile da, stumm, in Gedanken verloren, und schaute in die blaue Ferne.

Wie zu sich selbst sagte er dann: Liebste aller Frauen, ob ich dich je wiedersehe?

Kurwenal, der hinter ihm bei den Pferden im Heidekraute lag, wagte die Worte: Wenn es geschähe, lieber Freund, wärst du ein Narr!

Tristan griff das Gesagte auf.

Kurwenal, fragte er, glaubst du, dass man mich in Tintagol erkennen würde, wenn ich im Narrenkleide käme?

Tristan hatte seine Mannesschönheit verloren. Wer ihn gekannt, ehe die Wundrose ihn heimgesucht und das lange Siechtum ihn ausgemergelt, dem war er fremd geworden. Das volle braune Haar war ihm ausgefallen; spärlich nur wuchs es nach. Sein ehedem frisches rotes Gesicht war mager und so bleich wie aus Wachs. Nur in den Augen loderte zuweilen das alte Feuer.

Keiner erkennt dich! Erwiderte Kurwenal. Darum wärst du doppelt Narr, wenn du verlorene Liebe wiedererobern wolltest. Sei mit der Erinnerung zufrieden, dass dir einstmals die schönste der Königinnen zu eigen war! Freue dich bis in deine letzte Stunde, dass du zu den Wenigen auf dieser armseligen Erde gehörst, die sich zu den Siegern des Lebens zählen dürfen!

Tristan lachte und schwieg.

Sein Entschluss war von Stund an gefasst.

Ohne seinen Hausgenossen und Freunden, ja ohne dem treuen Gefährten Kurwenal von seinem Vorhaben zu sagen, verließ Herr Tristan in der Frühe eines Sommertages, als alles noch im Schlafe lag, die Burg Kerahes, zu Fuß, im bunten Narrenkleide, das er heimlich sich hatte machen lassen, die bunte Kappe auf dem Haupt, einen keulenartigen Knittel an einem Stricke um den Hals gehängt.

Leichten Herzens wanderte er die Straße gen Tintagol. Er nahm sich Zeit, besuchte manchen ihm lieb gewordenen Ort und erblickte gegen Mittag des siebenten Tages den Römerturm von König Markes Burg.

Nachdem er gerastet, überschritt er, gemächlich wie ein echter Narr, die breite Grabenbrücke und klopfte beim Torwart.

Unterwegs hatte sich Tristan sein Abenteuer in Gedanken hundertmal vorgestellt. Wenn man ihn im Schlosse erkannte, so war es um ihn geschehen. Des zweifelte er nicht.

Mag man mich totschlagen, sagte er bei sich, was wäre es Schlimmes? Wenn ich die blonde Isolde nur noch einmal sehe, will ich mit Freuden den Tod erleiden. Sterbe ich nicht längst schon, langsam, Tag um Tag?

Der Torwart, der gern seinen Spaß machte und an der Tracht des Ankömmlings ersah, wes Geistes Kind er sein mochte, fragte: Kumpan, seid Ihr endlich da? Habt Euch redlich Zeit genommen!

Mit verstellter Stimme erwiderte Tristan: Auf der Hochzeit war ich des Abts vom Kloster Dol und der Äbtissin von Avranches. Da ging es hoch her. Es wimmelte von Tonsuren, sage ich dir. Zur Kirche sind sie auf Besenstielen geritten, und getanzt haben die Nonnen, dass die Rosenkränze nur so flogen. Aber ich mache mir aus Betschwestern nichts, und übrigens hat mich König Marke zur Tafel befohlen.

Freilich, freilich! Meinte der Torwart, der des Königs Vorliebe für närrische Kurzweil kannte. Komm herein! Alles wartet auf dich.

Im Burghofe umdrängten die Knechte und Knappen den Narren und begrüßen ihn mit spöttischen Reden.

Erlauchter Gast! Höhnten sie ihn. Sieht der Bursch nicht grad so blöd drein wie sein Vater?

Als Antwort schwang Tristan seine Keule und jagte den Schwarm auseinander. So gelangte er unbehelligt an die Türe zur Halle.

Er trat ein und sah sich vor dem König und der Königin, die eben ihr Mahl beendet hatten. Paranis, Brangäne, Audret und zwei, drei Ritter waren bei ihnen.

Tristan hing sich die Keule wieder um den Hals und machte eine Verbeugung nach der Seite hin, wo niemand saß.

Alle lachten.

Seid willkommen, Freund! Rief ihm der König belustigt zu. Tretet näher!

Mit seiner seltsam verstellten Stimme erwiderte Tristan: Herr von Cornouaille, gut und edel seid Ihr, ein wahrer König. Ich wusste es immer, und da ich Euch und die Königin sehe, schlägt mein Herz höher vor Ehrfurcht und Liebe.

König Marke nickte beifällig.

Nun sagt, Freund, wer seid Ihr, woher stammt Ihr, und was sucht Ihr in meinem Reiche?

Ich bin Tantris der Narr. Der und jener von Euch wird diesen weltberühmten Namen wohl schon einmal gehört haben ...

Tristan blickte zu Isolden hin. Und mit einer verrückten Geste fuhr er, zum König gewandt, fort: Wisset, ich bin in Grönland geboren; mein Vater war ein Walross, meine Mutter ein Walfisch. Und was ich in Eurem Reiche suche? Isolden, Euer Weib, suche ich, denn ich liebe sie, und sie liebt mich. Wir gehören einander, im Leben und im Tode! Ich will Euch eine Andre bringen, ihre Schwester, die schöne Braunholde. Schenkt mir die blonde Isolde! Ich will sie mit mir nehmen.

Wohin? Fragte König Marke.

In mein himmlisches Schloss hoch über den Wolken voller Sonne und Rosen. Dort wollen wir ewiglich wohnen, unberührt vom irdischen Ungemach.

Ein trefflicher Narr, der so schön zu reden weiß, meinte einer der Barone.

Tristan ließ sich auf dem Teppich nieder, zu Isoldens Füßen, und schaute sie ohn Unterlass mit verzücktem Blick an.

Freund, sprach Marke, wie vermagst du dir einzubilden, dass die Frau Königin Wohlgefallen an dir finden könne? Weißt du nicht, Narr, wie hässlich und armselig du bist?

Herr, erwiderte Tristan, manche Tat hab ich für die getan, die ich liebe, und wenn ich zum erbärmlichen Narren ward, so geschah auch dies um sie. Erzählt! Vielleicht hörten wir von deinen Taten.

Ich war ein Kämpfer ohnegleichen. Riesen und Recken habe ich erschlagen; Königreiche vor übermächtigen Feinden gerettet.

Und zu Isolden gewandt, fuhr er fort: Ein stolzer Ritter war ich, ein zärtlicher Sänger. Erinnert Ihr Euch des alten Liedes:

Ohn dass wir fragten Vater und Sippe,
Wurden wir Eines, Du,
Königstochter, Ich, Königssohn...

Welch andern Klang hatte Tristans Stimme dereinst! Bei dem Namen Tantris und mehr noch bei Hagbards Lied schauerte Isolde zusammen.

Wer ist dieser hässliche Narr? Fragte sie sich. Was ist er, dass er sich erkühnt, meine heimlichen Erinnerungen anzurühren? Ist er ein Seher? Ein Dämon?

Entsetzt schaute Isolde dem verwegenen Sprecher in das Auge. Flackerndes Feuer glühte und gleiste darin.

Der Narr redete weiter.

Eine Scharte war in meinem Schwert. Du aber küsstest mich vor König und Volk! Erinnert Ihr Euch, Königin?

Isolde fuhr auf:

Aus meinen Augen, Narr! Deine verrückten Späße missfallen mir!

Da wandte sich Tristan gegen die Ritter: Fort, ihr Verrückten! Hinaus! Das Mahl ist längst zu Ende. Ihr habt genug gefressen. Trollt Euch, Ihr Schmarotzer!

König Marke lachte kräftig.

Die Barone ärgerten sich.

Audret rief Tristan zu: Fort mit dir, übler Narr!

Tristan machte eine verächtliche Gebärde und begann mit noch unheimlicherer Stimme: Blonde Frau, zur Sommersonnenwende fuhren wir dahin, unter schneeweißem Segel, hoch darüber der rosige Wimpel ...

Die Königin unterbrach ihn heftig: König Marke, lasst den Narren vor die Tür setzen! Er ist trunken.

Fürwahr, Königin, rief Tristan aus, ich bin trunken, von einem Zaubertranke, der mich mit Feuer erfüllt auf immerdar. Erinnert Ihr Euch, Frau Isolde, der Tag war herrlich und heiß, die Sonne funkelte über dem stahlblauen Meere, wir waren auf Cythera, Euch dürstete. Erinnert Ihr Euch, wir tranken aus dem gleichen Becher. Seitdem immerdar bin ich trunken.

Als Isolde diese Rede hörte, die nur sie und Brangäne verstehen konnten, hüllte sie ihr heißes Haupt in das morgenländische Seidentuch, das sie um die Schultern trug.

Sie war erregt und erschüttert. Wer war dieser Narr? Hatte Tristan ihn hergesandt, sich an ihr durch Spott und Hohn zu rächen?

Geh noch nicht, Königin! Bat Tristan.

Bleibe, liebe Freundin! Sagte Marke. Der Narr soll uns von andern Dingen berichten.

Sagt, Freund, welches Handwerk habt Ihr erlernt, was versteht Ihr für Künste?

Tristan antwortete: Ich reite durch die Lande, jage in den Wäldern, fische in den Wassern, kann fliegen bis in die Wolken, reden mit den Hunden, singen wie die Vögel ... Erinnert Ihr Euch, Königin, dass die schönsten Forellen, die Ihr je gegessen, mit meiner Angel gefangen waren? Sang je ein Pirol so lustig wie ich vor Euch am Waldessaum? Und schnitzen kann ich und ritzen, Sterne auf Späne. Hei, wie sie schwimmen bis in der Liebsten Haus! Erinnert Ihr Euch, Königin? Lobt meine Künste!

Auch die Keule schwinge ich, fuhr Tristan fort, sich seiner Narrenrolle besinnend, und er trieb die Ritter zur Tür hinaus.

Genug des Spieles, Ihr Narren! Geht! Ich will mit der Königin allein sein, rief er.

Isolde verabschiedete sich von Marke und zog sich in ihr Gemach zurück.

König Marke befahl die Pferde und Falken.

Nur der Narr verblieb in der Halle. Träumend saß er auf einer Bank im Winkel.

Als Isolde in ihrem Gemache war, setzte sie sich voll Kummer und Wehmut auf ihr Bett und sprach zu Brangänen: Freundin, wie schwer ist mir das Herz! Armselig ist mein Leben, seit die Sonne daraus schwand. Dieser böse Narr hat meine Seele aufgewühlt. Weiß er nicht alles, was ich je erlebt? Sogar das Heiligste und Heimlichste? Ist er ein Zauberer, ein Wahrsager, ein Teufel?

Brangäne erwiderte: Sollte es Herr Tristan nicht selber sein?

Niemals! Dieser Narr ist garstig, verwahrlost, krank und entstellt. Tristan war schön wie der Lichtgott. Erinnere dich doch an seine Herrlichkeit, an den Überfluss seiner Kraft und seines Frohsinnes! Dieser aber ist ein Unhold, den die Götter verderben mögen!

Herrin, mahnte Brangäne, haltet ein! Was schmäht und was flucht Ihr einem Unglücklichen? Wissen wir, wer er ist? Vielleicht Herrn Tristans Bote?

Da sagte Isolde: Ich bezweifle es. Gleichwohl geh, suche ihn und rede mit ihm! Ergründe sein Geheimnis!

Brangäne eilte hinab.

Noch immer hockte Tristan auf der Bank im Winkel, in Grübelei versunken. Längst waren der König und seine Ritter zur Vogelbeize fortgeritten.

Brangäne trat vor den regungslosen Träumer. Meine Herrin sendet mich, sagte sie zu ihm. Wer seid Ihr? Ihr habt Dinge geredet, die man kaum verzeiht. Wahrlich, Ihr verdientet, dass Euch der Henker in Gewahrsam nähme.

Weniger bin ich Narr, als Ihr denkt, Damoisel Brangäne, lautete die Antwort. Wenn ich aber Tollheiten beging und begehe, so war immer der Trank schuld, wisst Ihr, der mir durch Eure Unachtsamkeit gereicht ward, mir und Eurer Herrin, der geliebten Frau Isolde, auf jener glückseligen Insel.

Da sank Brangäne vor dem Narren in die Knie. Verzeiht mir, Ritter und Herr!

Nicht länger zweifelte sie, dass Herr Tristan wirklich wiedergekehrt war. Im Fluge ist sie bei der Königin. Ebenso rasch Tristan.

Mit ausgebreiteten Armen schreitet er auf Isolden zu. Voll Freude will er sie an seine Brust drücken. Es ist Herr Tristan! Ruft Brangäne.

Doch Isolde weicht vor ihm, in Scheu und Scham, mit der Geste der Abwehr. Noch immer begreift sie Tristans Verwandlung nicht.

Da schrickt auch er zurück. Zorn, Bitternis, Stolz übermannen ihn. Nie hat ihn das harte Schicksal niedergedrückt wie in dieser Stunde. Er wankt zu einer der Säulen.

Mit schriller Stimme hebt er an: Isolde, ich habe mein Leben überlebt. Einmal habt Ihr mich durch die Knechte schlagen lassen. Ich hatte es vergessen. Heute stoßt Ihr mich mit Euren eigenen Händen zurück. Ich bin der, die mich einst geliebt hat, hässlich, abscheulich, widerlich geworden. Versiegter Quell, verdorrte Liebe!

Bruder, erwidert ihm Isolde, mild und gütig, ich schaue Euch an, ich bin voll Weh und Bange, aber wer Ihr auch seid, Herrn Tristan von Leonnois erkenne ich in Euch nicht.

Und doch bin ich Euer Tristan, derselbe, der vor Jahren mit Euch den Becher der ewigen Liebe getrunken! Derselbe, den Ihr am Brunnen unter der alten Linde hundertmal umarmtet! Derselbe, der Euch den Aussätzigen entrissen! Derselbe, der Euch zur Frohen Warte entführt hat!

Isolde blickt ihn seufzend an.

Tristan fährt fort: Derselbe, der Euch Hüsdan geschenkt am letzten Tage seines Glückes! Wo ist er? Hast du ihn noch? Er würde mich im Augenblick wiedererkennen. Und wenn er Euch noch so gern hat, er wird Euch verlassen, um mir zu folgen bis ans Ende der Welt.

Hüsdan? Fragt Isolde. Hohn liegt in ihrem Wort. Wisst Ihr, seit Tristan fort ist, haust er im Zwinger. Er ist Menschenfeind geworden. Jeden fiel er an, der ihm zu nahe kam. Man musste ihn schließlich einsperren. Hütet Euch! Wir wollen die Probe machen ...

Brangäne, hole Hüsdan!

Es geschieht.

Hüsdan, komm! Ruft der Fremdling, und seine Stimme gewinnt mehr und mehr den Klang der alten Tage wieder.

Der Hund reißt sich samt dem Geleitriemen von Brangäne los, springt seinen alten Herrn laut bellend an und leckt ihm in ungestümer Freude die Hände.

Mein Hüsdan, frohlockt der Narr, sei gesegnet! Ich habe dich nicht vergebens großgezogen. Du allein hast Freude über meine Wiederkehr. Die ich über alles in meinem Leben geliebt, die mag mich nicht erkennen. Erst dies Jaspisringlein muss es ihr sagen, wer ich bin. Als wir schieden, gab sie es mir, unter Tränen und Küssen. Der grüne Stein hat mich nie verlassen. Hunderttausendmal hat der Einsamste auf Erden Trost von ihm erheischt und, wenn er ihn nicht fand, dies Symbol mit heißen Zähren genetzt.

Er reicht ihr den Ring.

Da öffnete die Zweiflerin weit ihre Arme: Hier bin ich, Tristan! Nimm mich und verzeihe mir! Gram und Leid hatten mich blind gemacht. Das ist vorüber.

Freundin meiner Seele, sprach Tristan, fern jeder Verstellung in Stimme und Wesen. Ach, dass du mich nicht sofort erkannt hast! Genügte es nicht, dich an die süßesten Stunden unserer Liebe zu gemahnen? Hat dein Herz darin nicht mein Herz gefunden?

Isolde wehrte sich seines Vorwurfs, halb von Sinnen.

Küsse mich, einziger Freund! Rief sie.

Nicht mehr sah sie ihn, wie er in der Wirklichkeit vor ihr stand: den kranken gebrochenen armseligen Mann; sie schaute ihn, wie er gewesen, dereinst, da er zum ersten Male vor sie trat, wie er in ihren Träumen gelebt hatte immerdar trotz Trennung und Trübsal, jung und siegreich. Das war er ihr wieder, ein herrlicher Held, strahlend in Kraft, Schönheit und Frohsinn. Sonst hätte sie ihn nie geliebt.

Glückselig sanken die Wiedervereinten auf Isoldens Lager.

Tristan richtete sich seine Schlafstätte ein im Hundezwinger bei seinem Freunde Hüsdan. Einen andern Ort wiesen ihm die Knechte nicht an, aber dort hatte er seinen Frieden. Keiner wagte sich heran.

Er begehrte keine andere Herberge. Er betrachtete die Welt und sein Dasein vom Gipfel der Demut.

Wenn er über den Hof ging, ließ er allen Spott und Hohn der Leute über sich ergehen, oder er gewann sie durch seine Witze und Weisen. Öfters befahl ihn die Königin zu sich, zur Kurzweil, wie sie zum Könige sagte.

Glücklich eilte er in ihr Gemach. An der Schwelle verlor er sein Narrentum, und Isolde fand in seinen Augen, in seinen Reden, in seinen Gebärden seine verlorene Mannesschönheit, sein verblichenes Heldentum wieder, mehr noch, eine wundersame Erhabenheit, die sie an herrlicheren Tagen nicht in ihm erschaut hatte.

Das war der kurze goldene Herbst in Tristans Leben.

Man begann im Schlosse Arges zu munkeln, und eines Tages, als Tristan vor der Königin Gemach kam, standen zwei geharnischte Knechte an der Tür und verboten ihm den Zutritt.

Der Narr lachte laut auf und nahm seine Keule. Gebt Raum! Rief er. Die Frau Königin hat mich gerufen, ihr mein Abschiedslied zu singen. Morgen bin ich in meinem Königreiche. Dann könnt Ihr diese Tür vor Tod und Teufel schützen. Platz dem ersten Ritter des Landes, ihr Spitzbuben!

Feig ließen sie den Keulenträger durch.

Zum letzten Male schloss Tristan seine Isolde in die Arme.

Liebste Freundin, jetzt muss ich von dir gehen. Man ist unserem Geheimnisse nahe. Wohin ich mich wenden mag, der Tod steht vor mir. Ach, dass ich dir fern sterben soll! Sag, darf ich dich rufen in meinen letzten Tagen? Wirst du zu mir kommen?

Geliebtester, wenn du von der Erde scheidest, ist auch meine Zeit um. Nun liegt alle Lust und alles Leid hienieden hinter uns in kristallener Verklärung. Hand in Hand wie einst zum Walde von Morlaix werden wir wandern empor zu deinem schönen Himmelsschlosse, droben auf der Sonneninsel der Glückseligkeit. Rufe mich, Freund! Ich komme.

Tristan sank vor Isolden in die Knie und küsste ihr die Hände: Dank dir, Einzige! Flüsterte er zärtlich. Noch haben wir den Becher unsers irdischen Geschicks nicht geleert. Bittere Neige ist übrig. Bleiben wir tapfere Kinder der Erde! Unsterblichkeit wird es uns lohnen!

Das war der Abschied.

Spott um die zitternden Lippen schritt Tristan durch die Wächter. Geht! Höhnte er sie. Was lauert ihr vor fremdem Tor. Hat nicht Jedermann Anlass, vor der eigenen Tür zu wachen? Gebt acht, dass kein Narr über Eure Weiber kommt! Sputet Euch – und lebt wohl!

Die Keule schwingend, tänzelte er über den weiten Hof zum Tore hinaus. Hüsdan folgte ihm.

Ein paar Steine und ein kräftiger Fluch flogen ihm nach.

Unberührt vom Niedrig-Menschlichen wanderte er rüstig gen Westen, den dunklen Wäldern zu. Auf den blanken Schellen seiner Narrenkappe tanzten fröhliche Herbstsonnenlichter.

In Kerahes empfing ihn Ritter Kurwenal, Schmerz und Freude in den treuen Augen.

Ihm schüttelte Tristan sein übervolles Herz aus. Freund, sprach er zu ihm, der Winter meines wundersamen Lebens ist angebrochen. Mich friert nach so viel Sonne.

Um die Jahreswende brach ihm die alte Wunde wieder auf. Keiner der vielen Ärzte, die man herbeiholte, vermochten sie zu heilen. Was für Mittel sie auch versuchten, Kräuter, Salben, Pflaster und Bäder, nichts wollte helfen. Das Lanzengift, dass im Blute des dem Tode Geweihten geschlummert hatte, verzehrte die Wurzeln seiner Kräfte. Immer bleicher und stiller ward der müde Held; dürr und mager sein Leib. Um seines Friedens willen ließ er schließlich die Quacksalber aus der Burg jagen. Unerschrocken erwartete er sein Ende, und doch packte ihn eines Tages die Sehnsucht nach einem letzten Glücke.

Noch einmal die blonde Isolde sehen!

Aber wie sollte dies geschehen?

Im Fiebertraume dachte der Kranke alle Möglichkeiten durch. Wieder und immer wieder. Er fand den Weg nicht.

Zur Seefahrt nach Dinan durch die Winterstürme hatte er nicht mehr die Kraft. Die Pilgerschaft zu Fuß? Unausführbar. Und selbst wenn er Tintagol erreichen könnte, seine Feinde würden kein Erbarmen kennen. Einst, da er noch ein gefürchteter Recke war, hatten sie triumphiert. Heute, wo er sich mühselig kaum mehr aufrichten konnte, waren sie ihm unbedingt überlegen.

Es ward ihm maßlos bitter um das Herz, und er brach in wilde Klage aus. Wie brannte ihm die tiefeiternde Wunde.

Käme doch der Tod!

Eines Abends, als Kurwenal an seinem Lager saß und ihm stumm die Rechte drückte, sprach er zu ihm: Freund und Bruder, seit fünfunddreißig Jahren sind wir Lebensgefährten und Waffengenossen und halten zueinander wie kaum zwei andre in Freundschaft und Treue. Ich möchte dir meinen letzten Wunsch offenbaren. Heißer und herzlicher vermag kein Sterbender ein Begehren zu haben. Ich will es dir anvertrauen, sobald niemand mehr im Gemach ist außer uns beiden. Schau auch nach, dass niemand in der Vorhalle unser Gespräch vernimmt!

Isolde erschrak über Herrn Tristans sonderbares Verlangen. Als sie hinausgegangen war, befiel sie die Neugier; zu hören, was ihr Gemahl auf dem Herzen habe. Gelehnt an die Wand, da Tristans Bett stand, horchte sie:

Tristan richtete sich sich hoch und lehnte sich an die Wand. Kurwenal setzte sich dicht neben ihn. Beide weinten vor Schmerz, dass sie voneinander gehen sollten. Wie war ihre Freundschaft schön und echt gewesen! Mehr denn ein Menschenalter hindurch hatte der Eine verehrt, was dem Andern als Höchstes galt. Die Wahrheit und die Treue, die ritterlichen Sitten, Herzensgüte und Gradheit, die Künste und die Wissenschaft, alte Lieder und Weisen, Wandern und Kämpfen, ihr Schwert und ihre Ehre hatten sie beide in Leidenschaft geliebt.

Klagend erinnerten sie sich dessen.

Geliebter Freund, sagte Herr Tristan, ich bin in fremdem Land, habe keine Verwandten, keine Freunde, keine Genossen. Nur dich hatte ich, dich, der du mein erster Freund warst in meinem Leben und nun mein letzter bist. Ohne dich hätte ich hier jeder Freude und jedes Trostes entbehren müssen. Ich bin dem Tode nahe. Niemand in diesem Lande vermag mich zu heilen und zu retten. Eine nur auf Erden vermöchte es: Isolde Blondhaar, die Königin von Cornouaille. Sie allein hat die göttliche Macht, meine Wunde gesunden zu lassen. Wenn sie wüsste, wie ich leide, so käme sie, und wäre es vom andern Ende der Welt. Aber wie sollte ich ihr Kunde geben? Wenn sie erfahren könnte, dass ich ihrer Wunderkraft bedarf, dass ich mich darnach sehne, sie noch einmal zu sehen, so eilt sie hierher, so kommt sie, so erhält sie mir das Leben. Wen aber soll ich mit der

Botschaft betrauen? Rate mir, treuer Freund! Besser noch: Mache dich selber auf den Weg. Sage ihr: Sie möge kommen! Nichts wird sie zurückhalten. Die Liebe wird ihr Flügel verleihen. Kurwenal, bei unsrer Freundschaft, bei unsrer Waffenbrüderschaft, bei unsern Idealen: Wagt dieses Abenteuer! Bestellt ihr die Botschaft! Bringt mir Isolden! Ich bleibe dein bester Freund auf immerdar.

Kurwenal drückte dem Weinenden die Hände. Weine nicht, Freund! Sagte er voller Milde und Güte. Ich will tun, was du mir aufgetragen. Glaube mir, zu deinem Trost und deiner Rettung nehme ich den Kampf mit der Welt auf, und wäre es mein sicherer Tod. Sage mir deine Botschaft! Ich werde sie deiner Königin bestellen.

Nimm den Jaspisring! Du weißt, er ist das Erkennungszeichen zwischen ihr und mir. Und wenn du im Lande angekommen bist, so begib dich, als Kaufmann verkleidet, an den Hof. Lege der Königin seidene Stoffe vor und lasse sie dabei den Ring sehen. Alsbald wird sie dir Gelegenheit geben, ungestört von Anderen mit ihr zu sprechen. Du weißt, lieber Freund, dereinst beim Abschied hat mir Frau Isolde gelobt: Keine Macht, kein Gesetz, kein Verbot soll mich hindern zu tun, was du mir zu tun entbietest! Und sage ihr, dass ich auf den Tod krank darniederliege, dass ich in Schmerz und Sehnsucht in allen Augenblicken meines mir entschwindenden Lebens ihrer gedenke, dass ich sie herzinniglich grüßen lasse und dass ich sie bitte, zu mir zu eilen, mich zu trösten und, ich wage es noch zu hoffen, mich zu heilen. Mahne meine Freundin an die Tage und Nächte, die wir beieinander verlebt! Mahne sie an unsrer großen Liebe Lust und Leid, an das Gelübde unsrer ewigen

Treue! Frage sie, ob sie jener Stunde gedenkt, da sie mich vor König Hangwins Rittern küsste, jenes Tages der Sommersonnenwende, da wir unter dem weißen Segel des Brautschiffes zum ersten Male einander gehörten, jener siebzehn Monde, da wir in der Einsamkeit des Waldes von Morlaix voller Glück hausten? Das Schicksal hat uns grausam getrennt. Mehr Not und Pein haben keine zwei Anderen in ihrer Liebe erlitten. Ich habe Isolden geschworen, nie ein ander Weib zu lieben. Ich habe meinen Eid gehalten. Sag ihr das!

Alles dies erlauschte Frau Isolde Weißhand. Fast sank sie hin. Empörung, Weh und Leid, Zorn, Eifersucht, Rachgier durchtobten ihr armes Herz.

Tristan fuhr fort: Beeile dich, Freund, ich gebe dir vierzig Nächte Zeit. Kehrst du in dieser Frist nicht zurück, so wirst du mich nicht wiedersehn. Verberge Ziel und Zweck deiner Reise vor jedermann! Erzähle, wer dich auch befragt, du wollest einen berühmten Arzt herbeiholen. Irgendwoher. Mein Schiff soll dich übers Meer fahren. Nimm zwei Segel mit, ein weißes und ein schwarzes. Bringst du mir Isolden, so zieh das weiße Segel auf; folgt sie dir nicht, das schwarze! Grüße mir auch Brangänen! Isolde hat sie dir einmal halb im Scherz geschenkt. Sterbe ich, weil es mein Schicksal will, dann bist du der Fürst meines Landes Leonnois. Ich wüsste keine würdigere Gebieterin neben dir als sie. Die Treue zu mir verbindet euch auf alle Zeit. Und nun: Glückliche Wiederkehr! Ich werde mich nach dem Hafen von Douarnenez tragen lassen. In der Burg auf der Insel in der Bucht, dort will ich dich erwarten. Geh und lebe wohl!

Unter heißen Tränen nahmen die Beiden Abschied voneinander.

Kurwenal rüstete das Schiff. Teure Stoffe packte er ein, schöne fränkische Gefäße, duftenden Wein aus Asturia und hispanische Falken.

Beim ersten guten Wind ging man in die See. Acht Tage und acht Nächte währte die Fahrt.

Weibeszorn ist ein fürchterlich Ding. Jedermann hüte sich davor! Leicht lieben die Frauen; schwer hassen sie. Ihr Hass ist nicht vergänglich wie ihre Liebe. Einmal erwacht, wächst er ins Grenzenlose.

Isolde Weißhands milde Liebe wandelte sich in wilden Hass. Um einer Andern willen war sie verschmäht worden.

Die Worte, die sie heimlich gehört, brannten sich tief in ihr Herz. Die ihr zugefügte Schmach begehrte der Rache.

Als Kurwenal die Tür öffnete, trat sie in Tristans Gemach, als wäre nichts geschehen. Sie pflegte den kranken Gemahl, wie dies die Pflicht der Gattin ist. Sie scherzte mit ihm. Sie küsste ihn. Oft fragte sie den in heimlicher Sehnsucht Harrenden, ob der berühmte Arzt nicht bald da sein müsse.

Ohn Unterlass sann sie auf Rache.

Als das Schiff im Hafen von Dinan eingelaufen war, begab sich Kurwenal unverweilt nach der Burg Tintagol.

Er führte ein blaues seidenes Tuch bei sich und einen kostbaren Becher, und auf der Faust trug er einen prächtigen Taubenfalken. Alles das brachte er König Marke zum Geschenk, indem er ihn um seinen Schutz bat, und um die Erlaubnis, im Lande Cornouaille Handel treiben zu dürfen, ohne weder von Ritter noch Knecht Schaden zu erleiden.

König Marke nahm das Geschenk an und gab vor versammeltem Hof die erbetene Erlaubnis. Sodann bot der Handelsmann, der sich unerkennbar gemacht, der Königin ein kunstvolles Armband aus bestem Gold zum Kauf an. Nie hatte Isolde ein schöneres geschaut.

Während sie sich das Geschäft überlegte, zog Kurwenal den Ring Tristans vom Finger und hielt ihn neben das bewunderte Armband.

Seht, Königin, des Armbands Gold ist ohne Gleichen, selbst neben dem Ringe hier, einem wunderbaren Kleinod!

Da erkannte die blonde Isolde den grünen Stein. Ihr Herz erzitterte. Sie ward bleich. Gewiss brachte man ihr unheilvolle Kundschaft. Im Augenblick verlor sie beinahe ihre herrliche Haltung.

Dann aber fasste sie den Boten des Geliebten am Arm und zog ihn nach der Fensternische, als wolle sie im Sonnenlichte Armband und Ring vergleichen, um ungestört ihren Handel zu vollenden.

Niemand schenkte ihr und ihrer List sein Augenmerk. Außer Brangänen blieb keiner im Saal.

Herrin! Flüsterte Kurwenal, sowie sie allein waren. Herr Tristan entbietet Euch seinen Gruß! Er liebt Euch wie am ersten Tage. Er ist Euch treu geblieben. Aber todwund liegt er darnieder. Eine giftige Lanze machte ihn krank. Keiner kann helfen. Nur Ihr! Gedenkt der Stunde, da Ihr Herrn Tristan geküsst vor König Hangwins Rittern! Gedenkt des Tages, da des Brautschiffs weißes Segel über Euch glänzte! Gedenkt der siebzehn Monde, da Ihr Herrn Tristan im Wald von Morlaix geliebt! Der Ring mahnt Euch an Euern Treueschwur! Herr Tristan ruft Euch bei diesem Ringe! Kein langes Bedenken! Ohne Eure Hilfe muss Herr Tristan sterben. Macht Euch auf. Eilt! Kommt mit mir zu ihm!

Isolde nahm den Ring und betrachtete ihn. Tiefes Leid und große Sehnsucht nach Tristan ergriffen sie. Tausend Erinnerungen wurden ihr wieder wach.

Freund Kurwenal, sprach sie nach einer Weile, sagt mir: wenn ich bereit wäre, Euch zu Herrn Tristan zu folgen, wie soll es geschehen?

Königin, erwiderte Kurwenal voller Freude, brecht morgen in der Frühe hier auf! Sowie Ihr im Hafen seid, wird unser Schiff Euch aufnehmen und dies Land verlassen.

Da erklärte Isolde mit fester Stimme: Haltet das Schiff bereit!

Isolde besprach den Plan ihrer Flucht mit Brangänen, der Getreuen. Sie kamen überein, in der Morgenfrühe zur Jagd mit Falken auszureiten.

Alles ward vorbereitet, und beim Grauen des Tages brach die Königin mit Brangänen, dem Falkner und einem Jäger auf. Herzog Audret, der den königlichen Befehl hatte, Frau Isolden stets zu begleiten, ritt mit. Als sie zwei Stunden scharf geritten waren, hielten sie auf einem Hügel angesichts des Hafens von Dinan. Isolde erspähte den landfremden Wimpel über Kurwenals Schiff.

Ein Fasan ging im Felde vor ihnen auf, und Isolde befahl, einen Falken fliegen zu lassen. Der Falke flog rasch hoch und verschwand im lichten Himmel.

Seht Ihr, Herr Audret, sagte die Königin voll List, der Falke ist nach den Schiffen geflogen! Kommt!

Man ritt näher.

Ich sehe den Falken, behauptete Isolde. Er sitzt auf dem Mast des fremden Schiffes dort! Wessen ist es?

Audret erwiderte: Es ist das Schiff des angelländischen Kaufmanns, der Euch gestern das goldne Armband angeboten hat. Gehen wir zu ihm und holen wir uns den Falken!

Kurwenal hatte einen leichten Steg vom Schiffe an das Land bauen lassen und hielt am Heck Ausschau. Als er die Reiter erkannt hatte, rief er mit lauter Stimme: Gruß Euch, Königin! Gefällt es Euch, meine Waren anzuschauen? Ich habe viele schöne und kostbare Dinge.

Hurtig sprang Isolde von ihrem Zelter und lief über den Steg. Brangäne folgte ihr.

Auch Herr Audret saß ab; aber wie er über den Steg ging, schlug einer der Schiffsleute mit einer Ruderstange derb an die Planke, sodass sie kippte.

Der Herzog fiel ins Wasser.

Wie er den Steg erklimmen wollte, traf ihn Kurwenals Pfeil. Zu Tode getroffen, versank er in der Flut.

Ganelon, Godwin, Denowal, Melot waren tot. Nun hatte die göttliche Rache auch Herrn Audret erreicht.

Stirb, Verräter! Frohlockte Frau Isolde. Endlich hast du deinen Lohn für das Leid, das du Herrn Tristan und mir angetan!

Da lichtete das Schiff den Anker, und alsbald straffte der frische Morgenwind das weiße Segel und gewann die hohe See.

Währenddem fraß Schmerz und Sehnsucht Tristans letzte Kräfte. Weder Heilung kam noch Trost, und die blonde Isolde nahte ihm nicht.

Bald nach Kurwenals Abfahrt hatte er das Schloss Kerahes verlassen und sein Krankenlager nach der Burg Douarnenez verlegt. Die sechzehn Wegstunden dahin waren ihm schwer geworden, aber der Blick auf die See lieh seiner Seele ein wenig Ruhe. Er liebte die Melancholie des Meeres über die Maßen.

Jeden Morgen ließ er sich an das Fenster tragen, um auszuspähen, ob Kurwenals Schiff käme. Und als er schwächer und schwächer ward, da blieb er auf seinem Lager, immerdar in Gedanken an den Freund, der ihm die Einziggeliebte aus der Ferne, herführen sollte. Nichts sonst in der Welt kümmerte ihn im Herzen.

Seht Ihr das Schiff? Was trägt es für ein Segel? Hundertmal Tag um Tag tat er diese Frage zu jedem, der bei ihm verweilte, auch zu Isolde Weißhand, ohne zu ahnen, dass sie gar wohl wusste, dass es nicht nur Kurwenal war, dessen er so leidvoll harrte.

Hört nun die traurigen Geschehnisse, die zu allen Zeiten, alle, die lieben, mit gewaltigem Mitleid erfüllen werden!

Schon sichtete der Steuermann auf Kurwenals Schiff das Cap de la Chèvre, und alle an Bord freuten sich, da ward das Meer schwarz und die Luft finster. Starker Sturm erhob sich vom Lande her und warf das Schiff zurück auf die hohe See.

Wehe mir Unglückseligen! Klagte Frau Isolde. Eine dunkle Macht hemmt unsern Gang so nah am Ziel. Soll dies Schiff untergehn? Soll ich meinen geliebten Tristan nicht wiedersehen? Soll ich ihn nicht heilen und retten? Wenn mich die wilden Wogen verschlingen und man meldet es ihm, so ist es sein Tod. Um alles in der Welt hätte ich dir Hilfe gebracht. Wenn ich jetzt sterben muss, so tut mir nur das Eine leid. Ohne mich wirst du sterben, wie ich auch nicht leben könnte, wüsste ich, du seiest tot. Ich fühle es, wir sterben beide zur nämlichen Stunde. Bei Gott, es steht nicht in meiner Macht, zu dir zu eilen, wie es dein und mein Wunsch war! Bis zuletzt aber will ich hoffen, dass wir uns wiederfinden, dass ich dich heile, oder dass wir zusammen in den Tod gehn.

Fünf Tage tobte der Sturm. Dann legte sich das Unwetter. Der Himmel wurde klar und die See spiegelglatt.

Das weiße Segel ward wieder gehisst; eine leichte Brise blähte es, und bald glitt das Schiff in die weite Bucht von Douarnenez.

Isolde Weisshand saß an Tristans Lager.

Schau nach! Kommt das Schiff? Welches Segel führt es? Fragte er.

Als sie an das Fenster trat, tauchte, fern überm Meer, sonnenbeglänzt, das weiße Segel auf. Geliebter! Rief sie.

Ich sehe das Schiff. Dein Freund Kurwenal naht. Möchte er dir die Heilung bringen!

Da fragte Tristan, sich mühselig aufrichtend, zitternd vor Angst und Freude: Ist es wirklich Kurwenals Schiff? So sagt mir, liebe Freundin, wie sieht das Segel aus?

Ich sehe es deutlich, erwiderte die Bretonin mit harter Stimme, heimlich jubelnd, dass ihr der Augenblick der Rache anbrach. Das Segel ist schwarz.

Herr Tristan sank zurück.

Ich vermag mein Leben nicht länger zu halten, sprach er tonlos. Sei gegrüßt zum letzten Male, Isolde, du meine traute Freundin!

Und noch zweimal rief er: Isolde!

Isolde Weißhand war aus dem Gemach geschritten.

Alsbald klang wilde Klage durch das sonst so stille Haus. Arundische Ritter hoben den toten Helden von seinem Lager, legten ihn in der Halle der Burg auf einen morgenländischen bunten Teppich und deckten ein wappenbesticktes Totentuch über ihn.

In der Kapelle und drüben im Münster der Stadt Douarnenez fingen die Glocken an, feierlich zu läuten.

Wie nun Isolde die Blonde, begleitet von Brangänen und Kurwenal, dem Schiff entstieg, vernahm sie die laute Wehklage des Volkes und den ernsten Klang der Glocken.

Sie fragte einen alten Mann, der ihre hohe Gestalt anstaunte: Was trauert Ihr?

Tristan, der beste des Landes, ist tot! Antwortete er.

Stumm schritt Isolde durch die Gassen hin zur Burg. Ein purpurner Schleier umwallte sie. Jedermann schaute voll Bewunderung auf ihre hoheitsvolle Gestalt. Eine so schöne Frau hatte noch keiner gesehen.

Wer ist sie? Woher kommt sie?

Ist es die Königin von Avalun?

Vor dem Toten in der Halle begegneten die beiden Isolden einander. Einen Augenblick schauten sie sich scharf in die Augen.

Geht! Rief die Germanin in mildem Hochmut und bot der Bretonin die Rechte. Geht! Um Herrn Tristan zu weinen, habe ich größere Rechte denn Ihr. Wer von uns zwei liebt ihn mehr als das Leben?

Isolde Weißhand ergriff die Hand ihrer erhabenen Rivalin, und aufschluchzend verließ sie die Halle.

Isolde die Blonde kniete auf dem Teppich vor dem Geliebten nieder, hob das Tuch von seinem Haupt und küsste den Toten auf Mund und Stirn.

Ihn mit beiden Armen umschlingend, sank sie über ihn hin.

Ihr Herz hörte auf zu schlagen.

So starb Isolde in der nämlichen Stunde wie ihr geliebter Freund.

Die Kunde von dem Tode Tristans und Isoldens flog zu König Marke. Sofort rüstete er ein Schiff und eilte nach der Bucht von Douarnenez. Wie er am Eiland landete, das noch heutzutage die Tristans-Insel heißt, sammelte man gerade vom ausgeglühten Scheiterhaufen die Asche der beiden Liebenden.

In zwei kostbaren Urnen, die eine aus Chalcedon, die andere aus Beryll, führte der tiefbetrübte König die Überreste der Toten nach Tintagol. Dort, an der Schlosskapelle, links und rechts vom Chor, übergab er sie der Erde.

Über Isoldens Grab pflanzte Kurwenal einen Rosenstrauch, Brangäne einen Rebenstock über der Ruhestätte Tristans.

Die Ranken der Rose und der Rebe wuchsen am Gemäuer empor; sie umarmten sich über dem Dache der Kirche, und sie kletterten auf der andern Seite hinab, die Rebe zu Isolden, die Rose zu Tristan.

Kurwenal und Brangäne gingen bald darnach zu Schiff nach dem Lande Leonnois, als dessen Fürst und Fürstin sie in der Burg Kanohel herrschten, vom Volk verehrt ob ihrer wunderbaren Treue noch lange Jahre.

Anhänge

I

Die alten Fassungen des Romans von Tristan und Isolde

1. Eilhart v. Oberg, Tristant. Um 1175. Der Dichter (ein Niedersachse) lebte in der Gegend von Hildesheim. Sein Gedicht (in mittelhochdeutscher Sprache) ist nur in einer erweiternden) Bearbeitung aus dem XIII. Jahrhundert erhalten (8935 Verse). – Ausgabe von Franz Lichtenstein: Straßburg 1877 [1878], bei Karl J. Trübner.

2. Marie de France, Chievrefueil [Der Gaisblatt-Lai]. Zweite Hälfte des XII. Jahrhunderts. [Eine Episode aus dem Tristan.] 118 Verse. – Ausgabe von E. Hoepffner: in der Bibliotheca Romanica (No. 274, 275: Marie de France, Les Lais I – IV), Straßburg [1921]. – Deutsche Übersetzung von Wilhelm: Hertz, in Marie de France, Poetische Erzählungen, Stuttgart 1862. – Englische Übersetzung von Edith Rickert, in: Marie de France, London 1901.

3. Folie Tristan. [Eine Episode.] Ausgang des XII. Jahrhunderts. – Text A: die Berner Handschrift. 574 Verse. Herausgegeben von Henri Morf, Romania Bd. XV [1886], S. 559 bis 574. – Text B: die (jüngere) Oxforder Handschrift. 996 Verse. Ausgabe von Franz Michel: The poetical romances of Tristan, London 1835, Bd. I, S. 215 bis 241. – Gesamtausgabe: Les deux poèmes de Tristan fou, herausgegeben von Joseph Bédier, Paris 1908. (Societe des anciens textes français.)

4. Donnei des Amants. [Gespräch der Liebenden.] Ausgang des XII. Jahrhunderts. – Text herausgegeben von Gaston Paris: Romania Bd. XXV.

5. Tristan der Mönch. [Eine Episode.] XIII. Jahrhundert. 2705 Verse. – Text, herausgegeben von Hermann Paul: Sitzungsberichte der Münchner Akademie der Wissenschaften, Phil.-hist. Klasse, Jahrgang 1895 (3. Heft), S.317-427.

6. Gottfried v. Straßburg, Tristan. Mittelhochdeutsch. Unvollendet; der Dichter ist um 1210 gestorben. – Neuere Ausgaben: (A) von Wolfgang Golther. Berlin und Stuttgart 1889, zwei Bände. (Deutsche Nati-

onal-Literatur Bd. IV, 2 und 3.) – (B) von Karl Marold. Leipzig 1906, ein Band. – Übersetzung ins heutige Deutsch: von Karl Pannier. Reclams Universal-Bibliothek [1903]. – Freie dichterische Übertragung: von Wilhelm Hertz. Stuttgart 1877, bei Cotta.

7. Der französische Prosa-Roman: [? Lucas de Gast,] Le Roman de Tristan. Um 1225. – Ausgaben: (A) von Löseth: Le Roman en prose de Tristan, Paris 1890. – (B) nach der Pariser Handschrift 103: Rouen 1489, chez Jean Bourgoys.

8. Fortsetzung von Gottfrieds Tristan: von Ulrich v. Türheim. Um 1240. – Text zu finden im Anhange der Hagen'schen Ausgabe von Gottfrieds Tristan, 1823.

9. Fortsetzung von Gottfrieds Tristan: von Heinrich v. Freiberg. Um 1290. – Ausgabe von Alois Bernt, Halle a. S. 1906, bei Max Niemeyer.

10. Norwegische Bearbeitung des Tristan von Thomas: verfasst im Jahre 1226. – Ausgabe von E. Kölbing: Tristams Saga ok Isondar. Heilbronn 1878.

11. Niederfränkische Bearbeitung des Tristan von Thomas. XIII. Jahrhundert. 175 Verse (= Thomas, Vers 2194 bis 2430). – Text, herausgegeben von Lambel: Germania Bd. 26, S. 356 ff; – herausgegeben von Titz: Zeitschrift für deutsches Altertum, Bd. 25, S.248 ff.

12. Die Geschichte vom lauschenden König. [Episode.] Alte italienische Novelle; Ende des XIII. Jahrhunderts. – Deutsche Übersetzung von J. Ulrich: Romanische Meistererzähler (1905), Bd. I, S. 69 ff.

13. Italienische Prosa-Bearbeitung des Tristan von Thomas: La Tavola ritonda. Um 1300.

14. Nordenglische Bearbeitung des Tristan von Thomas: Sir Tristrem. Um 1320. 304 Strophen; der Schluss ist verloren. – Erster Herausgeber: Walter Scott, 1804. (Mit hinzugefügtem Schluss.) – Neuere Ausgabe von E. Kölbing, Heilbronn 1882.

15. Böhmische Übersetzung des Tristrant von Eilhart v. Oberg, entstanden im XIV. Jahrhundert. – Deutsche Übersetzung von Johann Knieschek: Zeitschrift für deutsches Altertum, Bd. 28 (1884), S. 261 – 358.

16. Sir Thomas Malory, Le Morte d'Arthur. 1470; erster Druck 1485. – Englische Ausgabe von H. Oskar Sommer, drei Bände. London 1889 ff. – Deutsche Übersetzung: Der Tod Arthurs, im Insel-Verlag, Leipzig, 3 Bände.

17. Der deutsche Prosa-Roman: Tristrant und Isalde. Aus dem XV. Jahrhundert. Erstdruck: Augsburg, bei Anton Sorg 1584 (4°, 185 Blätter). Die Histori von Herren Tristrant und der schönen Isalden von Irlande.... (Neudruck: München 1909.) – Ausgabe von Friedrich Pfaff: Bibliothek des Litterarischen Vereins in Stuttgart, Bd. 152, Tübingen 1881, 202 Seiten. – Ältere Ausgabe von Joh. Gustav Büsching und Friedrich Heinrich v. d. Hagen: Buch der Liebe, Bd. I., Berlin 1809.

18. Louis Tressan, Conte de Vergne [1705-1783], Tristan de Léonois, Paris 1780, bei Didot.

II

Nennenswerte moderne Tristan-Dichtungen

19.   Karl Immermann [1796-1840], *Tristan und Isolde.* Ein Gedicht in Romanzen. [1841.] Ausgabe: Reclams Universal-Bibliothek Nr. 911-913.

20.   Richard Wagner [1813-1883], *Tristan und Isolde.* [Textbuch zu seiner Oper, 1858 f. Erstdruck 1859. Uraufführung in München am 10. Juni 1865. Seine Hauptquelle: Gottfrieds Tristan in der neuhochdeutschen Übersetzung von Hermann Kurz, 1844.]

21.   Algernon Charles Swinburne [1837-1909], *Tristram of Lyonesse.* [Epos.] – Erstdruck: 1882. [Seine Hauptquellen: Malory, Le Morte d'Arthur, und Sir Tristrem.]

22.   Joseph Bédier [geb. 1864], *Le Roman de Tristan et Iseut,* traduit et restauré par Josef Bédier. Préface de Gaston Paris. Paris 1900.

23.   Albert Geiger [1866-1915], *Tristan,* ein Minnedrama in zwei Teilen, Karlsruhe 1906.

24.   Ernst Hardt [geb. 1876], *Tantris der Narr.* Drama in fünf Akten. Leipzig 1907, im Insel-Verlag.

25.   Robert Prechtl [Robert Friedländer, geb. 1874], *Trilogie der Leidenschaft*: Ysot, Marke, Tristan. München [1921], Musarion-Verlag.

26.   Georg Kaiser [geb. 1878], *König Hahnrei,* Tragödie [in fünf Akten]. Potsdam [1923], bei Gustav Kiepenheuer.

III

Der Schauplatz des Romans: Die Bretagne

Beste Karte der Bretagne: Französische Generalstabskarte i: 320000 (Kupferstich) vom Jahre 1857, die vier Blätter: Brest, Rennes, Orient, Nantes. (Ein Exemplar vorhanden in der Wehrkreisbücherei zu Dresden.)

Die einzelnen Örtlichkeiten:

Das alte Herzogtum *Leonnois*, der nordwestliche Teil der Bretagne, begrenzt gegen das benachbarte Herzogtum *Arund* (Arundel) durch die *Montagne d'Arrée, das Pays de Léon*. – Bei Berol: *Loenoi;* bei Eilhart: Lohnois; im französischen Prosaroman: Léonois.

Cornouaille (Cornu Galliae), später zeitweise Name für die ganze Bretagne, das Herzogtum (Königreich) des Königs Marke.

Irland (die Grüne Insel) mit der Hauptstadt Dowelin (das heutige Dublin).

Aremorika, die römische Provinz mit der Hauptstadt Vannes. An der bretagnischen Küste findet man noch heute zahlreiche Überbleibsel von Römerstraßen und römischen Villen.

Tintagol, das heutige Tinténiac, vierzig Kilometer (Luftlinie) südlich der Küste (St.Malo), an der Rance (heute zum Kanal ausgebaut). – Die Burg heißt bei Berol Tintaguel und Tintajol; bei Eilhart: Tintanjol; im französischen Prosa-Roman: Cintagel und Tintanel; bei Gottfried v. Strassburg: Tintajoel und Tintajol; im deutschen Roman: Tintariol. – Mit der nachträglichen Verlegung des Schauplatzes der Begebenheiten von Cornouaille nach

Cornwall (in England) wurde Tinténiac identisch mit Tintagell.

Kanohel (Canoel), die Burg der Herzöge von Leonnois, gegründet im Jahre 513 durch Herzog Riwal, zu suchen zwischen den heutigen Orten St. Pol de Léon und Lannion. – Nach der Verlegung des Schauplatzes der Begebenheiten nach England wurde Canoël identisch mit Carlisle.

Kerahes, Hauptstadt und Burg des Herzogtums Arund, das heutige Carhaix. Bei Thomas und Gottfried: Karke; bei Berol: Cahares; bei Eilhart: Karahes.

Antrain, alte Stadt; der Gerichtsort der Herzöge von Cornouaille, sechzig Kilometer (Luftlinie) nordöstlich von Tinténiac. – Bei Berol: Lantien oder Lancien. – Ähnlich klingende Orte in der Gegend: Lancieux (bei Ploubalay, an der Küste); Roz Landrieux (bei Dole).

Dol, alte Stadt der Bretagne; in der *Eglise de Saint Samson* daselbst ließen sich im IX. Jahrhundert die bretonischen Fürsten krönen. Das Kloster ward im VI. Jahrhundert erbaut vom Heiligen Samson, dem ersten Bischof von Dol.

Morlaix, alte Stadt der Bretagne. Der Wald von Morlaix ist der Sammelname für die ausgedehnte Waldungen östlich und südöstlich der Stadt. Die Bretagne war im Gegensatz zum heutigen Zustand ehedem stark bewaldet. Bei Berol: Forest de Morrois; im französischen Roman: Forest du Moroys.

Dinan, alte Stadt und Burg an der Nordküste der Bretagne, südlich von St. Malo. Die Entfernung von Carhaix bis Dinan beträgt einhundertundzwanzig Kilometer; da Dinan fast durchweg als Station zwischen Kerahes und Tintagol genannt wird, war die alte Straße Carhaix-Dinan offenbar die gangbarste.

Douarnenez,Stadt an der Bucht von Douarnenez. In der Nähe die Tristans-Insel (Isle Tristan).

Gamaroch (Camaracum), die Burg des Grafen Bedenis.

Die *Kaiser-Insel*, die heutige Insel Jersey.

Die *Insel Sankt Samson*; Lage unbestimmt. Der Heilige Samson ist einer der tausend Heiligen der Bretagne.

Das *Jagdschloss Yvignac*, zwanzig Kilometer westlich von Tintagol, in der *Weißen Heide*. Bei Berol,Vers 4310: St. Lubin.)

Die *Weiße Heide*, nordwestlich und westlich von Tintagol. – Bei Berol: *La Blanche Lande*; bei Eilhart: *Blankenland, Blankenwald*.

Die *Klause Ugrims (L'Hermitage)*, wohl im *Forêt de Lorges*, sechzig Kilometer westlich von Dinan. (Eingezeichnet im Blatt Rennes der Karte 1: 320000.)

Das *Rote Kreuz (Croix Rouge*; nur auf der französischen Generalstabskarte 1: 80000, Blatt Dinan), dicht südlich des Dorfes Yvignac, am Wege Dinan-Broons. Bei Berol: La Croiz Roge; bei Eilhart (Vers 4819): daz crûce.

Die *Siechenbrücke (Pont au Ladre)*, zu finden (nur auf der Karte 1:80000) zwischen den Dörfern Médreac und Landujan, südwestlich von Tinténiac.

Die *Kapelle des Heiligen Michael*, nicht identisch mit dem berühmten Kloster *Mont Saint Michel* (in der Baie de Saint Michel, westlich von Avranches), zu suchen auf dem Berge St. Michel (Höhe 391) dicht südlich der Montagne d'Arrée; ihm zu Füßen der *Marais de St. Michel* und der älteste Weg von Brest nach Carhaix. – Bei Eilhart Vers 7380: Sant Michelstein.

Der *Dornbusch (L'Espine)*, Gehölz in der Nähe von Markes Jagdschloss St. Lubin (im vorliegenden Roman identifiziert mit Yvignac). Vergleiche Berol, Vers 1491. Die Lage von St. Lubin (vielleicht verstümmelt aus: St. Aubin?) ist unbestimmt. Es gibt einen Forest de St. Aubin, fünfundzwanzig Kilometer westlich von Dinan (unweit östlich Lamballe).

Die *Frohe Warte (Joyeuse Garde)* im Walde von Morlaix, ein Jagdhaus, wohl zu suchen in der Nähe von Belle-Isle-en-Terre (zwanzig Kilometer südlich von Lannion), unbedingt aber im Gebiete von Leonnois. Andre suchen *La Joyeuse Garde* in der Gegend zwischen Brest und Landerneau; vergleiche: Chevalier de Fréminville, Mémoire sur le Château de la Joyeuse-Garde sur la Rivière d'Elorn, près Landerneau, abgedruckt in: Mémoires et Dissertations sur les Antiquités, Société royale des Antiquaires de France, Bd. 10, Paris 1824.

Der *Doler Berg*, Höhe 65 nördlich Dol. Über die topografischen, geografischen usw. Verhältnisse unterrichtet gut: Camille Vallaux, La Basse-Bretagne, Etude de Géografie humaine, Paris 1906.

IV

Die Namen und Gestalten

Tristan (lateinisch Trustanus; ursprünglich Drostan, das heißt Torstein). Keltischer Name. – Bei Berol: Tristran; bei Eilhart: Tristrant; bei Marie de France: Tristram; in der Folie Tristan: Tritan. – Tristan ist der Sohn des Herzogs (Königs) Riwal von Leonnois; sein Heimatland heißt Ermenia (bei Gottfried verdorben: Parmenie), entstanden aus dem lateinischen Aremorica (Meerland). – Die Urgestalt des Helden, der geschichtliche Tristan mag um die Mitte des VI. Jahrhunderts gelebt haben.

Isolde (Isalde, Iswalde, Ysolt, Iselt, Ishilt, Essylt). Germanischer Name. – Bei Berol: Yseut; bei Thomas: Ysolt; bei Gottfried: Isot; im französischen Prosaroman: Yseult; bei Eilhart: Isald; im deutschen Roman: Isalde; in der norwegischen Saga: Isondar.

Marke (latein.Marcus). Keltischer Name. – Im französischen Roman: Marc; im deutschen: Marchs. – Der geschichtliche Marcus rex (von Cornouaille) wird erwähnt in der Vita S.Pauli Aureliani, deren Verfasser ein Mönch des IX. Jahrhunderts in Landevennec (Bretagne) ist.

Riwal (lateinisch Riwallus). Herzog von Leonnois. Tristans Vater. – Bei Eilhart: Rivalin; bei Gottfried: Riwalin von Parmenien; im Sir Tristrem: Rouland. – Der geschichtliche Riwal (Riwallo) gründete sein bretonisches Reich im Jahre 513, indem er zwischen Dol und Saint Pol de Léon eine Burg am Meer erbaute. Er kam aus Britannien.

Blankeflor (Blanchefleur). Gallischer Name. Tristans Mutter; eine der beiden Schwestern Markes. – Im französischen Roman: Helyabel, Gattin des Meliadus v. Léonois.

Hangwin. Normannischer Name. Isoldes Vater. – Bei Berol und Eilhart: namenlos; bei Thomas: Gormon (offenbar identifiziert mit dem geschichtlichen Gormo Anglicus, der im Jahre 878 vom König Alfred besiegt ward); im französischen Roman: Hanguin (identisch mit Hengist?); bei Gottfried: Gurmun v. Irland.

Ysabel. Isoldes Mutter. Name wohl späterer Erfindung.

Kurwenal. Bretonischer Name (hergeleitet von: gouverner erziehen). Tristans Hofmeister, Freund und Gefährte. – Bei Berol: Governal; bei Thomas: Guvernal; bei Eilhart und Gottfried: Kurwenal; im französischen Roman: Gouvernal, auch Gourneval; im deutschen Roman: Kurneval.

Brangäne. Name unaufgeklärt. Isoldes treue Gefährtin, eine von Seeräubern verschleppte Fürstentochter. – Bei Thomas: Bringvain; bei Gottfried: Brangaene; im französischen Roman: Brangain; im deutschen Roman: Brangel; bei Heinrich v. Freiberg: Brangane.

Paranis. Bretonischer Name. Isoldes Kämmerer. Ein blonder Franke. – In der Folie Tristan: Perenis; bei Gottfried: Paranis; im deutschen Roman: Peronis; bei Berol: Perinis.

Howel (lateinisch: Hoelus). Bretonischer Name. König von Arund. Schwiegervater Tristans. Eine geschichtliche Persönlichkeit. (Vergleiche Graf Pierre Daru, Histoire de Bretagne, 1826.) Im VI. Jahrhundert hat ein bretonischer Fürst Howel in Fehde gestanden mit einem Grafen von Nantes. Howels Tochter Eleonore oder Eleine soll mit einem Herrn von Léon vermählt gewesen sein. Man zeigt noch heute ihren Grabhügel (Tombeleine) auf einer kleinen Felseninsel bei St. Malo. – Bei Gottfried: Jovelin; im französischen Roman: Hoêl; bei Eilhart: Havelin; im deutschen Roman: Haubalin.

Karsie. Howels Gattin. Name nur bei Gottfried und Heinrich v. Freiberg.

Isolde (Weißhand). Tristans Frau. Tochter des Königs Howel von Arund.

Tynas. Bretonischer Name. Graf von Dinan, Seneschall von Cornouaille. – Bei Eilhart: Dinas; im deutschen Roman: Thynas v. Litan.

Audret. Bretonischer Name. Herzog; Sohn von Markes zweiter Schwester. Tristans Hauptfeind am Hofe Markes. – Bei Thomas: Meriadoc; bei Gottfried: Marjodo; bei Eilhart: Audret; im deutschen Roman: Auctrat; im Sir Tristrem: Caradoc; in der norwegischen Saga: Meriadokk. Verdorbene Form: Andret/André.

Denowal (Denoalen). Bretonischer Name. Parteigenosse des Herzogs Audret.

Ganelun (auch:Guenelon). Parteigenosse Audrets.

Godwin (Goduin, Gondoïne). Parteigenosse Audrets.

Melot. Der Zwerg am Hofe Markes. Aus Aquitanien. – Bei Berol: Frocin; bei Gottfried: Melot.

Morold. Germanischer Name. Isoldes Bruder. – Bei Berol: Morhout; im französischen Roman: Morhoult; Gottfried: Morolt von Irland (Isoldes Oheim; Gurmuns Schwager).

Rualt. Bretonischer Name. Tristans Pflegevater; Statthalter von Leonnois. – Bei Gottfried: Rual li Foitenant; bei Eilhart: Roal.

Floräte. Rualts Frau. Name nur bei Gottfried.

Kaherdin. Bretonischer Name. Tristans Schwager und Freund. – Bei Eilhart: Kahenis, Kehenis; im französischen Roman: Kehedin; im Tristan der Mönch: Kêidin; bei Gottfried: Kâedin; im deutschen Roman: Caynis.

Bedenis. Bretonischer Name. Graf von Gamomaroch. Garioles Gatte. Seine Burg (bei Heinrich v.Freiberg: Gamaroch in Gamarke; lateinisch: Camaracum). Eine der zahlreichen Urgestalten des Ritters Blaubart. – Im französischen Roman: Bedalis; bei Eilhart: Nampetenis (verdorben aus: li naim Bedenis); bei Heinrich v. Freiberg und Ulrich v.Türheim: Nampotenis; bei Thomas: ohne Namen.

Gariole. Keltischer Name. Kaherdins Jugendgespielin und Geliebte. Frau des Grafen Bedenis. – Im französischen Roman: Gargeolain; bei Eilhart: Garjole; im deutschen Roman: Gardeloye.

Andree (Andreas) von Nicole. Bretonischer Name. Edelmann am Hofe Markes. Nicole wohl: St. Nicolas du Pelem (Bretagne).

Rigol (Rigolin), Graf von Nantes. Bretonischer Name. – Bei Eilhart: Riol; im deutschen Roman: Ryol.

Iwein. Leprakranker Edelmann in Cornouaille.

Ugrim der Einsiedler. Bei Eilhart: Ogrin.

Orri. Markes Leibjäger.

Gudri (Goudri), der Schmied.

Hüsdan (Heißzahn?). Bretonisch. Tristans Hund, den er Isolde beim Abschied schenkt. – Bei Gottfried: Hiudan; im französ. Roman: Houdenc; im deutschen Roman: Uctant.

Hagbard und Signe, in Bruchstücken erhaltenes altdänisches Heldenlied, das ergreifendste und wohl älteste literarische Denkmal der germanischen Geistes- und Sittenwelt. Überliefert durch Saxos Chronik Gesta Danorum (um das Jahr 1200).

V

Die in den Tristan-Roman verwobenen ältern Motive

1. Der Holmgang mit Morold. Reminiszenz an die Wikingerzeit.
2. Der Jungfrauen-Tribut. Minotauros-Sage.
3. Die Jungfrau mit dem Goldhaar; die Meerfahrt ins Unbekannte. Alte Feenmärchenmotive.
4. Verkleidung Tristans und Kurwenals als Spielleute. Weiterhin erscheint Tristan verkleidet als Pilger, Kaufmann, Aussätziger und Narr. Spielmannsmotive.
5. Isolde als Ärztin. Das antike Önone-Motiv.
6. Das Schwertsplitter-Motiv.
7. Der Liebestrank. Antikes Motiv (wohl nach Ovid).
8. Brangäne opfert ihre Jungfrauenschaft. Motiv von der untergeschobenen Braut.
9. Isoldes Befehl, Brangäne zu morden; die Hundezunge. Allbekanntes Motiv (zum Beispiel in der Genoveva-Sage).
10. Der alte König, den sein junges Weib und ihr junger Liebhaber betrügen. Altes Novellenmotiv.
11. Der heimtückische Zwerg. Märchenmotiv.
12. Die Späne in der Wasserleitung. Keltisches Sagenmotiv.
13. Der lauschende König. Mittelalterliches Schwankmotiv. (Dekameron.)

192

14.   Der zweideutige Schwur. Altes Schwankmotiv.

15.   Das Sensen-Motiv. Mittelalterliches Novellenmotiv.

16.   Das blanke Schwert zwischen den Liebenden als Symbol der Keuschheit. Nordgermanisches Sagenmotiv. (Sigurd und Brynhild!)

17.   Tristan und die beiden Isolden. Antikes Motiv. (Paris zwischen Helena und Önone.

18.   Die Sage vom Ritter Blaubart. Keltisches Sagen-Motiv.

19.   Die Wunde durch die vergiftete Lanze und die abgeschlagene Heilung durch eine verlassene geliebte Frau. Antikes Motiv. (Paris, vor Troja vom vergifteten Pfeil des Philoktet verwundet, erinnert sich Önones Wort und schickt nach ihr, sie solle ihm helfen. Sie erwidert dem Boten höhnisch, Paris möge sich an Helena wenden. Trotzdem kommt sie, zu spät, da Paris bei der abschlägigen Nachricht gestorben ist.)

20.   Das Geißblatt. Spielmannsmotiv.

21.   Die Erkennung des Heimkehrenden durch seinen Hund. Odysseus-Sage.

22.   Der Jaspisring und seine Mahnung. Rittertümliches Motiv.

23.   Das weiße und schwarze Segel. Theseus-Sage.

24.   Rebe und Rose. Motiv aus dem Volksgemüt.

Nachwort

In seiner Sammlung altdänische Heldenlieder, Balladen und Märchen (Heidelberg 1811) sagt Wilhelm Karl Grimm, dass die Volksdichtung in einem beständigen

Leben auf unendliche Art stets neu sich gestalte, und immer verschieden, immer doch auf demselben Grunde, wie auf einem Urfelsen, ruhe. Der alte keltische Roman von Tristan und Isolde ist zwar frühzeitig aus unaufgeschriebener Sage Buchdichtung geworden, wohl im zehnten Jahrhundert oder noch eher, aber da diese erste künstlerische Gestaltung längst verloren ist und die erhaltenen Fassungen des zwölften Jahrhunderts bereits Umwandlungen sekundärer Art sind, so ist der herrliche Stoff sozusagen für alle späteren Jahrhunderte ungeformte freie Legende geblieben. Wir wissen, die Urgestalten haben im sechsten Jahrhundert, offenbar in der Bretagne, gelebt; doch schon in dem verloren gegangenen Ur-Tristan, mag er um 950 oder schon früher niedergeschrieben sein, waren eine Menge damals moderner Dinge eingedrungen. Die alten Erzähler legten keinen Wert darauf, die Gestalten mit Seelen des sechsten Jahrhunderts reden und handeln zu lassen. Weder Berol noch Thomas, weder Eilhart noch Gottfried erstrebten derlei, sondern alle diese Dichter schauten ihre Helden einfach als Zeitgenossen.

Anders die heutigen Nacherzähler. So beteuert Joseph Bédier im Nachworte zu seiner Rekonstruktion (vgl. Deutsche Ausgabe, im Insel-Verlag, S. 224): Ich habe in diesem Buche versucht, jegliche Vermischung des Alten und Modernen zu vermeiden. Die Unstimmigkeiten, die Anachronismen, die falschen Ausschmückungen auszumerzen, das *vetusta scribenti nescio quo pacto antiquus fit animus* wahrzumachen, kraft meiner historischen und kritischen Wahrheitsliebe über mich selber Herr zu werden, niemals unsere modernen Auffassungen mit den alten Formen des Denkens und Fühlens zu vermengen: das war mein Vorwurf, meine Arbeit und, ohne Zweifel, ach, meine Schimäre ...

In der Tat, dem Tristan Bédiers haftet das eigentümliche Parfüm des zwölften Jahrhunderts, herübergeholt aus Berol, Thomas, Eilhart und Gottfried, stark an; eine Rekonstruktion aber des verlorenen Ur-Tristans ist sein gelehrter Versuch keineswegs. Der von Marke ertappte Tristan winselt (Bédier, S. 79): Gewährt mir Gnade, Herr! Im Namen Gottes, der am Kreuze starb, Herr, Gnade für uns! Dann (S. 139) schwört Isolde auf die Gebeine von christlichen Heiligen. Und dem Einsiedler Ugrim (S. 117) sinkt sie, von Schmerz bewegt, zu Füßen.

Das sind frömmlerische Zutaten des zwölften Jahrhunderts. Die Spielleute und Dichter, die zweihundert Jahre zuvor den alten bretonischen Roman mündlich oder schriftlich verbreiteten, haben die beiden Gestalten unbedingt anders gesehen und hingestellt. Noch bestanden die heidnischen Elemente der Sage unverwischt und ungetilgt. Unecht auch ist alles, was die höfische Weltanschauung des zwölften Jahrhunderts eingefügt hat. Das Rittertum der Wikingerzeit oder gar unter den Merowingern war erheblich urwüchsiger und grausamer als zur Zeit der ersten Kreuzzüge.

Verlorene Werke zu rekonstruieren, ist unmöglich. Es gelingt weder Gelehrten noch Dichtern. Gewiss aber nähern wir uns dem alten Geist, der im Ur-Tristan gelebt und gewebt hat, wenn wir die geistlichen und höfischen Motive der späteren Bearbeiter beiseite rücken.

Im Laufe der Jahrhunderte erweiterten sich die Begebenheiten des Romans. So ist der Kampf mit dem Drachen aus einer andern alten Sage in den Tristanroman geraten. Ebenso die Episode mit dem Hündchen Peticrü. Und vom Gottesurteil haben die Hörer des Romans im neunten Jahrhundert sicherlich nichts vernommen, geschweige, dass die leibhafte Frau Isolde je das glühende Eisen in ihren schönen Händen gehalten hätte. Die älteste Fassung hat sich mit dem doppeldeutigen Schwur (im vorliegenden Versuche S. 132-133) begnügt.

Einige Nebengestalten sind im zwölften Jahrhundert zu zwei Figuren zerflossen; Morold und Morgan (vgl. Bédier S. 12), Paranis und Bleheri (vgl. Bédier S. 183), Brangäne und Camilla (vgl. Bédier S. 181) sind Doppelheiten, entstanden zum Nachteile der Komposition. Ähnlich steht es mit der zweimaligen Fahrt Tristans nach Dowelin (vgl. Bédier S. 23 und S. 30). Und am Schlusse, warum soll Kaherdin (vgl. Bédier S. 209) und nicht des todkranken Helden ältester und liebster Genosse Kurwenal den Jaspisring zu Isolden bringen?

Der Schauplatz des bretonischen Ur-Tristan ist, mit Ausnahme der Episode am Hofe König Hangwins, natürlich die Bretagne, die dem Dichter topografisch treu vor Augen gestanden hat. In der umfangreichen Tristan-Literatur Frankreichs und Deutschlands habe ich hier nur je einen Parteigänger. Die späteren Dichter, die keine Bretonen waren, haben die Hauptgeschehnisse aus dem bretonischen Cornouaille in das englische Cornwall gerückt. Es war ihr dichterisches Recht.

Über dem Chaos unserer gottlosen Gegenwart weht etwas wie ein Hauch frischen Neuheidentums. Mehr als das gezierte Rittertum und die fromme Einfalt zu Zeiten Gottfrieds locken uns die furchtbaren Jahrhunderte der Völkerwanderung. Wie Tristan und Isolde lebten, war sie noch nicht zu Ende.

Der alte Roman ist noch immer nicht tote Literatur, nicht bloß dazu da, dass Doktordissertationen und Professorenbücher darüber geschrieben werden. Er lebt weiter, lebt immer wieder in andrer Form, unbekümmert um gelehrte Meinungen und Streitereien.

Wie weit sich die heutigen Europäer von der schlichten aber gewaltigen Weltanschauung des zehnten Jahrhunderts auch entfernt haben mögen, nicht zu ihrem Glück und nicht zum Ruhme der Menschheit, es lebt doch noch unter ihnen ein Fähnlein Erkorener, die alle die erschacherten kleinen eitlen Güter unsrer blutlosen Kultur mit Freuden weit von sich werfen würden, wenn sie nur einmal in ihrem langweiligen Leben einer Isolde in gleicher Inbrunst und Ehrlichkeit wie Gottfried von Straßburg jene jugendlichen unsterblichen Verse widmen dürften:

> Ysot ma drue,
> Ysot m'amie,
> en vus ma mort,
> en vus ma vie!